PEGANDO FOGO!

OBRAS DA AUTORA PUBLICADAS PELA RECORD

Avalon High
Avalon High – A coroação: A profecia de Merlin
Cabeça de vento
Como ser popular
Ela foi até o fim
A garota americana
Quase pronta
O garoto da casa ao lado
Garoto encontra garota
Ídolo teen
Pegando fogo!
A rainha da fofoca
Sorte ou azar?
Tamanho 42 não é gorda
Tamanho 44 também não é gorda
Todo garoto tem

Série O Diário da Princesa

O diário da princesa
Princesa sob os refletores
Princesa apaixonada
Princesa à espera
Princesa de rosa-shocking
Princesa em treinamento
Princesa na balada
Princesa no limite
Princesa Mia
Princesa para sempre
Lições de princesa
O presente da princesa

Série A Mediadora

A terra das sombras
O arcano nove
Reunião
A hora mais sombria
Assombrado
Crepúsculo

Série As Leis de Allie Finkle para meninas

Dia da mudança

» MEG CABOT «

PEGANDO FOGO!

Tradução de
RODRIGO ABREU

3ª EDIÇÃO

Rio de Janeiro | 2010

CIP-Brasil. Catalogação-na-fonte
Sindicato Nacional dos Editores de Livros, RJ.

C116p
3ª ed.

Cabot, Meg, 1967.
    Pegando fogo / Meg Cabot; tradução de Rodrigo Abreu.
    - 3ª ed. - Rio de Janeiro: Galera Record, 2010.

    Tradução de: Pants on fire
    ISBN 978-85-01-08092-9

    1. Encontro (Costumes sociais) - Literatura juvenil.
2. Adolescentes - Conduta - Literatura juvenil. 3.
Literatura juvenil americana. I. Abreu, Rodrigo. II. Título.

08-4649

CDD - 813
CDU - 821.111(73)-3

Título original em inglês:
PANTS ON FIRE

Copyright © 2007 by Meg Cabot LLC

Texto revisado segundo o novo Acordo Ortográfico da Língua Portuguesa.

Todos os direitos reservados. Proibida a reprodução,
no todo ou em parte, através de quaisquer meios.
Os direitos morais do autor foram assegurados.

Direitos exclusivos de publicação em língua portuguesa somente para o
Brasil adquiridos pela
EDITORA RECORD LTDA.
Rua Argentina 171 – Rio de Janeiro, RJ – 20921-380 – Tel.: 2585-2000
que se reserva a propriedade literária desta tradução

Impresso no Brasil

ISBN 978-85-01-08092-9

Seja um leitor preferencial Record.
Cadastre-se e receba informações sobre nossos   EDITORA AFILIADA
lançamentos e nossas promoções.

Atendimento e venda direta ao leitor:
mdireto@record.com.br ou (21) 2585-2002

Para Benjamin

Um

— Ah, meu Deus, o que *ela* está fazendo aqui? — ouvi minha melhor amiga, Sidney van der Hoff, perguntando quando cheguei na mesa do canto para entregar os cardápios.

Sidney não falava de mim. Ela estava olhando para alguém em outra mesa.

Mas eu não estava preocupada em olhar e descobrir sobre quem ela estava falando, já que meu namorado, Seth, estava sentado ao lado dela, sorrindo para mim... aquele sorriso que tem feito as meninas derreterem por dentro desde mais ou menos o sexto ano, quando todas nós começamos a notar seus dentes brancos e alinhados, e seus lábios altamente beijáveis.

Ainda fico boba por, de todas as meninas na escola, ser aquela que ele escolheu para beijar com aqueles lábios.

— Ei, baby — disse Seth para mim, piscando seus cílios longos e sensuais, os mesmos sobre os quais eu ouvi minha mãe falando ao telefone para a mãe da Sidney que eram um total desperdício num garoto. Ele passou um braço ao redor da minha cintura e me abraçou.

— Oi — falei um pouco sem fôlego. Não apenas por causa do abraço, mas porque eu tinha uma mesa de 12 pessoas (a festa de aniversário de 97 anos da sra. Hogarth) que estava me deixando exausta de tanto encher copos de iced tea e essas coisas, então eu já estava um pouco ofegante. — Como foi o filme?

— Chato — respondeu Sidney por todos. — Você não perdeu nada. Lindsay devia continuar ruiva; ser loura não é para ela. Mas sério. O que Morgan Castle está fazendo aqui? — disse Sidney, usando o cardápio que eu tinha acabado de entregar a ela para apontar para uma mesa na área de Shaniqua. — Porque, olha, ela tem muita coragem.

Eu comecei a dizer que Sidney estava errada. De forma alguma Morgan Castle ia ser vista no Gull'n Gulp. Especialmente no auge da temporada de verão, quando a casa ficava lotada. Quem mora aqui, como Morgan, sabe que não adianta nem tentar chegar perto do Gull'n Gulp na alta temporada. Pelo menos, não sem uma reserva. Se você não tem uma reserva — mesmo numa terça à noite, como hoje — durante a alta temporada, pode se preparar para esperar *pelo menos* uma hora por uma mesa... *duas* horas em fins de semana.

Não que os turistas pareçam se importar. Isso porque Jill, a recepcionista, dá a eles um daqueles beepers gigantes que você não pode botar no bolso e levar embora por engano, e diz que vai avisar quando vagar uma mesa.

Vocês ficariam surpresos ao saber como as pessoas levam isso numa boa. Acho que eles devem estar acostumados com isso, com os TGI Fridays e Cheesecake Factories nas cidades deles, ou o que seja. Eles apenas pegam o beeper e passam a hora de espera andando pelo píer. Eles olham por cima dos corrimões para as percas nadando nas águas límpidas ("Olha, mamãe!" alguma criança sempre grita, "Tubarões!"), e às vezes vão até a parte histórica de Old Towne Eastport, com suas ruas de paralelepípedos e lojas de souvenirs, depois voltam e olham para dentro dos iates e veem os turistas assistindo TV a cabo e bebendo suas gin-tônicas.

Então o beeper toca, e eles vêm correndo para a mesa. Algumas vezes, enquanto Jill os está levando para uma mesa na minha área, escuto um turista dizer, apontando para a mesa no canto:

— Por que não podemos nos sentar ALI?

Jill sempre fala:

— Ah, desculpe. Está reservada.

Só que é uma grande mentira. A mesa não está reservada. Bem, não tecnicamente. Nós apenas a deixamos livre toda noite para o caso de algum VIP aparecer.

Não que Eastport, Connecticut, receba muitos VIPs. Ou, tudo bem, alguns. Às vezes, entre o almoço e o jantar, quando tudo se acalma, Jill, Shaniqua e eu nos sentamos e fantasiamos sobre o que faríamos se uma celebridade DE VERDADE entrasse no restaurante, como Chad Michael Murray (apesar de a gente ter deixado de gostar dele um pouco desde seu divórcio) ou Jared Padalecki, ou mesmo o príncipe William (nunca se sabe. Ele pode ter se perdido com seu iate ou algo assim).

A loucura é que, mesmo se por um acaso do destino um verdadeiro VIP como esses aparecesse no Gull'n Gulp, ele não se sentaria na mesa VIP. Porque em Eastport, Connecticut, ou únicos VIPs de verdade são os Quahogs.

E é para eles que a mesa do canto está sempre reservada... para qualquer Quahog que, por qualquer razão, não tenha feito uma reserva no Gull'n Gulp durante a alta temporada e precise de uma mesa.

Chocante, mas é verdade: sempre tem um turista que entra no restaurante que nunca ouviu falar de um quahog. Peggy, a gerente, teve que me chamar de lado no meu primeiro dia de trabalho no Gulp, em junho do ano passado, quando um turista perguntou:

— O que é um quahog?

Só que ele falou como se escreve, KWAH-hog, em vez de como deve ser pronunciado, que é KOH-hog.

E eu falei quase morrendo de rir:

— Você não sabe o que é um QUAHOG???

Peggy me explicou, muito séria, que quahogs na verdade não são muito conhecidos fora do nordeste dos EUA, e que as pessoas do centro-oeste, por exemplo, provavelmente nunca ouviram falar deles antes.

Ela estava falando do marisco, claro. Porque é isso que um quahog é: um tipo de molusco que, quando misturado numa panela com um monte de batatas, cebolas, alho-poró, creme de leite e farinha, se transforma na sopa mais vendida do Gull'n Gulp. Esse tipo de quahog é o que tornou Eastport conhecida, praticamente desde 1600.

Agora, no entanto, nossa cidade é conhecida por um tipo de quahog totalmente diferente. Porque os Quahogs são também o time de futebol americano da Eastport High School, que desde antes de eu nascer, há 16 anos, sempre vence o campeonato estadual.

Bem, exceto uma vez. Quando eu estava no nono ano Mas ninguém nunca fala daquele ano.

É difícil dizer de quais quahogs os residentes de nossa cidade têm mais orgulho, os mariscos ou o time. Se eu tivesse que adivinhar, diria que é do time. É fácil não dar valor para um marisco — especialmente um que está por aí há tanto tempo. Tem só uma década e meia que o time está nessa série de vitórias.

E a memória de como foi NÃO ter o melhor time do estado ainda está fresca na mente de todos, já que afinal foi apenas quatro anos atrás que eles foram forçados a desistir da temporada.

É por isso que ninguém na cidade questiona a mesa do canto. Mesmo se um local, por qualquer motivo, aparecesse no Gull'n Gulp durante a temporada de verão sem uma reserva, não ia esperar se sentar na mesa vazia do canto. Aquela mesa é para Quahogs, e apenas Quahogs.

E todos sabem disso.

Especialmente meu namorado, Seth Turner. Isso porque Seth, seguindo os passos do irmão mais velho, Jake Turner, duas vezes selecionado para o time de melhores do estado, é o artilheiro dos Quahogs este ano. Seth, assim como o irmão, antes dele, ama a mesa do canto. Ele gosta de passar no Gull'n Gulp quando estou trabalhando e ficar sentado até meu turno acabar, bebendo Coca grátis e comendo bolinhos de quahog (uma massa de farinha com pedaços de quahog, frita em óleo quente, que se mergulha num molho agridoce. Esse é o único tipo de quahog que eu suporto comer, porque a massa disfarça a textura borrachuda do quahog, e o molho disfarça a total falta de gosto. Eu não sou uma fã de quahogs — dos mariscos, quero dizer. Não que eu me atreva a dizer isso a alguém. Não quero ser expulsa da cidade).

Bom, mas, então, quando meu turno acaba, Seth bota minha bicicleta na caçamba do carro dele e a gente fica se beijando na cabine até minha hora de voltar para casa, que é à meia-noite no verão.

Então, se você quer saber minha opinião, a mesa do canto é uma coisa boa para todo mundo.

É claro que muitas vezes Seth não é o único Quahog na mesa do canto. Algumas vezes seu irmão, Jake — que agora trabalha na construtora do pai —, vem junto.

Mas não hoje à noite. Hoje Seth trouxe o zagueirão Jamal Jarvis e sua namorada, Martha Wu, e também o capitão do time, Dave Hollingsworth.

E, claro, aonde quer que Dave vá, minha melhor amiga, Sidney van der Hoff, tem que ir junto, já que ela e Dave estão grudados o verão inteiro, desde que o ex-namorado da Sidney — capitão dos Quahogs no ano passado e melhor jogador do estado, Rick Stamford — se formou na primavera e mandou para ela uma mensagem de texto do tipo "Querida Sidney", dizendo que precisava do próprio espaço e queria conhecer outras garotas quando ele fosse para a Universidade da Califórnia, no outono.

O que, se quer saber minha opinião, foi muito decente da parte dele. Ele poderia ter enrolado a Sidney o verão todo e então dado o fora nela quando fosse para a Califórnia — ou mesmo ir para lá, ficar com outras garotas sem ela saber e voltar para o Dia de Ação de Graças e o Natal, esperando continuar as coisas de onde elas pararam. Não que, do outro lado do país, Sidney fosse saber que Rick estava com a língua enfiada na garganta de alguma garota de fraternidade.

Apesar de que é possível — até mesmo fácil — sair com outras pessoas sem seu namorado saber (ou qualquer outra pessoa) morando na mesma cidade. Mais fácil, por exemplo, que esconder o fato de que você odeia quahogs (o do tipo comestível).

Estou só comentando.

Então foi legal o Rick não enrolar a Sidney. Eu disse isso a ela na época, apesar de aparentemente não tê-la consolado muito. Sidney não se acalmou de verdade até que descobriu que Dave terminou com Beth Ridley, porque ela o traiu com um gato australiano que conheceu enquanto trabalhava no barco do tio.

Então Sidney convidou Dave para ir à casa dela e ficar se lamentando na sua Jacuzzi sobre os ex-namorados que não valiam nada. Dave nem tentou tirar a parte de cima do biquíni de Sidney, o que realmente a impressionou.

Então, é claro, ela ficou com ele.

Para uma cidade tão pequena, muita coisa acontece em Eastport. Algumas vezes é difícil se manter informado.

Como agora, por exemplo. Porque quando olhei para a mesa de Morgan Castle e vi com quem ela estava, soube EXATAMENTE o que ela estava fazendo no Gull'n Gulp numa noite de terça-feira na alta temporada.

Soube também que eu não tinha tempo para o drama que ia começar. Havia a mesa de 12 pessoas do aniversário da sra. Hogarth para atender.

Sidney não sabia daquilo — apesar de que, mesmo se soubesse, não teria ligado. Eu sou a melhor amiga de Sidney van der Hoff, a garota mais popular da minha sala, desde o terceiro ano, quando a deixei colar de meu teste de ortografia. Sidney estava um caco naquele dia por causa de sua gata, que tinha sido mandada para ser castrada. Sidney estava convencida de que Muffy não ia sobreviver.

Então eu fiquei com pena e a deixei copiar minhas respostas.

Muffy passou pela cirurgia sem problemas e cresceu até virar uma gata gorda, que eu acabei conhecendo muito bem das frequentes festas do pijama que fui na casa de Sidney depois disso, já que ela não é o tipo de pessoa que esquece um ato de bondade.

É isso que eu amo na Sidney.

Mas bem que eu poderia viver sem todo o drama.

— Ah, meu Deus, aquele é *Eric Fluteley*? — perguntou Sidney, olhando fixamente para a mesa de Morgan.

— Isso é ainda mais estranho. O que ELE está fazendo

aqui? Esse não é o tipo de lugar que ele frequenta. Quer dizer, considerando que é improvável que algum diretor de elenco de Hollywood vá aparecer aqui.

— Ei, Katie — disse Dave, ignorando o escândalo da namorada.

Esse era o comportamento típico de Dave: ele é notoriamente tranquilo... uma daquelas pessoas que está sempre calma, não importa a situação — mesmo que seja Morgan Castle e Eric Fluteley jantando juntos no Gull'n Gulp. É por isso que ele e Sidney formam um casal tão bom. Ela é escandalosa e ele é todo tranquilo. Juntos, são quase como uma pessoa normal.

— Como vai? Está cheio hoje, não? — continuou ele.

— Muito cheio — falei.

Ele não fazia ideia. Uma família de, sei lá, Ohio ou coisa parecida tinha vindo mais cedo e os pais deixaram os filhos correndo em volta do restaurante, atrapalhando a Jill na entrada, jogando batatas fritas na água (apesar de os cartazes no píer dizerem muito claramente para NÃO ALIMENTAR PÁSSAROS OU PEIXES), entrando na frente dos ajudantes enquanto eles carregavam bandejas enormes de pratos usados, gritando sem nenhuma razão, esse tipo de coisa.

Se meus irmãos e eu tivéssemos agido dessa forma em um restaurante, minha mãe teria nos colocado de castigo no carro.

Mas esses pais apenas sorriam como se achassem que seus filhos eram uma graça, mesmo quando um deles soprou leite em mim com um canudo.

E então, depois daquilo tudo, eles deixaram uma gorjeta de apenas três dólares.

Peraí. Você sabe o que dá para comprar em Eastport com três dólares? Nada.

— Vou ser rápido, então — disse David. — Quero uma Coca.

— Traz duas — disse Jamal.

— Três — disse Seth, com outro de seus sorrisos de deixar as pernas bambas.

Dava para saber, pela forma como ele não conseguia parar de olhar para mim, que as coisas iam esquentar na cabine da caminhonete depois do trabalho. Eu sabia que o meu top tinha sido uma boa ideia, apesar de Peggy ser contra alças de sutiã aparecendo, e quase ter me feito voltar em casa para trocar — até que Jill a lembrou de que ela própria deixa as alças do sutiã aparecendo toda noite, e se não é problema para a *hostess*, por que seria para a garçonete?

— Uma Coca light para mim, por favor, Katie — disse Martha.

— Para mim também — disse Sidney.

— Duas Cocas light, três normais, e duas porções de bolinhos de quahog a caminho — disse, juntando os cardápios.

Sempre adicionamos quahogs grátis para os Quahogs. Porque é bom para os negócios ter os caras mais populares da cidade no estabelecimento.

— Volto em um minuto, gente.

Eu pisquei para o Seth, que piscou de volta. Então corri para entregar os pedidos e pegar as bebidas.

Não pude evitar olhar na direção de Eric no caminho para o bar — e o vi me encarando por cima da cabeça de Morgan. Ele tinha aquele olhar — o mesmo de quando eu estava tirando suas fotos para ele usar nas inscrições para as faculdades, e as para o *Quahog Gazette* durante aquela cena realmente intensa de *Clube dos Cinco*, que foi encenada na escola, na qual Bender fala sobre como seu pai o queimou por ter derramado tinta no chão da garagem. Eric fez o papel de Bender, e dava para entender PERFEITAMENTE como Claire, a rainha do baile da escola, ficou caidinha por ele.

Eric é realmente talentoso. Eu não ficaria surpresa de vê-lo no cinema algum dia. Ou em alguma série de TV sobre médicos sensíveis mas destemidos, ou algo assim. Ele já tem um agente e faz testes e tudo mais. Quase conseguiu um papel num comercial de margarina, mas foi vetado no último minuto quando o diretor decidiu mudar de ideia e usar uma criança de 5 anos em seu lugar.

O que dá para entender. Quer dizer, era margarina. Quão intenso você quer que o cara pareça num comercial desses? Só que agora Eric estava me olhando de forma tão intensa que Morgan, que tentava conversar com ele, parou completamente e olhou em volta para ver o que ele estava olhando tão fixamente.

Rápido como um foguete, eu me virei e me inclinei para perguntar à sra. Hogarth se ela gostaria de alguma coisa.

— Ah, não, Katie, querida — disse ela, com brilho nos olhos —, está tudo simplesmente adorável. Larry, querido, você se lembra de Katie Ellison, não lembra? A mãe e o pai dela são donos da Ellison Properties, a corretora de imóveis da cidade.

O filho da sra. Hogarth, que estava em Eastport com a esposa (e alguns dos filhos dele e alguns dos filhos *deles* e mais alguns dos filhos dos filhos deles) para levar a mãe e suas melhores amigas do asilo para comemorar seu aniversário, sorriu:

— É mesmo?

— E Katie tira fotos para o jornal da escola — continuou a sra. Hogarth — e para o jornalzinho do nosso asilo. Ela tirou aquela linda foto do Clube do Retalho. Lembra, Anne Marie?

— Eu pareço gorda na foto — disse a sra. O'Callahan, que, por sinal, *é* gorda. Eu tentei tirar um pouco do excesso com o Photoshop, sabendo que ela ia acabar reclamando depois.

— Bem — disse eu superanimada —, estão todos prontos para a sobremesa?

— Ah, eu acho que sim — disse o filho da sra. Hogarth com uma piscadela.

Ele tinha passado mais cedo com um bolo da Strong's Bakery, que nós escondemos na cozinha e que eu devia trazer enquanto cantava "Parabéns pra você". Os Hogarth, no entanto, tinham se esquecido das velas, então eu corri até a loja de cartões e comprei duas com o formato dos números nove e sete. Eram velas para crianças, em forma de palhaços, mas eu sabia que a sra. Hogarth não ia se importar com isso.

— Ah, nada para mim, obrigada — disse a sra. Hogarth. — Eu estou satisfeita. Aquele prato estava delicioso!

— Volto em um instante para ver se alguém quer café, então — falei, correndo até o bar para pegar os refrigerantes, ainda tomando cuidado para não olhar de novo na direção de Eric.

Me escondendo na cozinha, peguei o bolo da sra. Hogarth, joguei as velas nele, e saí novamente — e quase bati de frente em Eric Fluteley, que, olhando para mim intensamente o tempo todo, tirou o bolo das minhas mãos, colocou-o perto da máquina de café, me pegou pelos ombros e me beijou na boca.

Dois

— O Gull'n Gulp não tem nada a ver com Morgan Castle — disse Sidney ao celular.

Grunhi como resposta. Eu estava tentando passar um creme nos meus cabelos molhados com um pente. Tinha que lavá-lo três vezes depois do trabalho para conseguir tirar o cheiro de quahog frito.

Sério, eu não sei como Seth aguenta me beijar quando estou fedendo tanto a mariscos.

Mas o cheiro é praticamente o único lado negativo de trabalhar como garçonete em um dos restaurantes mais populares da cidade. Especialmente quando você fatura 48 dólares de gorjeta como eu faturei esta noite.

Sem contar o bônus de ser beijada por Eric Fluteley no bar.

— Ela não devia ter ido ao Oaken Bucket? — perguntou Sidney.

— Com certeza.

Não sei o que está acontecendo com meu cabelo. Estou tentando deixá-lo crescer desde um incidente azarado com um bobe no segundo ano. Está quase na altura do ombro agora, com várias camadas (porque aquela coisa de cabelo escorrido que funciona tão bem com a Sidney não funciona *mesmo* comigo) e luzes douradas para deixá-lo menos agressivamente *castanho*. Segundo Marty, do salão Supercuts, eu devia deixá-lo secar naturalmente e então passar um creme especial para cabelos cacheados para deixá-lo mais cheio e com mais movimento.

Mas isso só parece dar certo em ambiente úmido ou quando estou perto da cozinha do Gull'n Gulp.

Sidney estava certa, claro. O Oaken Bucket, o café vegan do outro lado da cidade, tem muito mais a cara da Morgan que o Gull'n Gulp. Quer dizer, o Bucket serve coisas como falafel no pão pita com hummus e abacate, e tofu frito com arroz integral. Você não vai achar sequer um item com quahogs no cardápio lá no Bucket, pode ter certeza.

— Só existe uma razão para ela ir lá — continuou Sidney em seu tom mais maldoso —, e todos nós sabemos qual é.

Quase deixei meu telefone cair. Bem na privada, que foi onde o pente acabou caindo. Por sorte, tinha me lembrado de dar descarga antes. Peguei o telefone na última hora e o pressionei contra o ouvido.

— E-espera — gaguejei. — O quê? A gente sabe?

Como ela poderia saber? Ela não poderia saber! Ninguém me viu com Eric — ou será que alguém tinha visto?

Eu *sabia* que devia ter dado um tapa nele. *Por que* o beijei de volta? Não o teria beijado se achasse que tinha alguma chance de o Seth — ou a Sidney — nos ver.

Mas o bar é totalmente escondido da mesa do canto. E de onde Morgan Castle estava sentada.

Então, ao invés de dar um tapa em Eric Fluteley quando ele começou a me beijar, eu me derreti, exatamente como uma das velas de aniversário da sra. Hogarth deixada queimando por muito tempo.

Bem, o que mais eu poderia fazer? Quero dizer, Eric é simplesmente... um gato.

Quando ele finalmente me deixou tomar fôlego, no entanto, falei muito indignada (apesar de, admito, ter dito isso com lábios deliciosamente trêmulos):

— Você é maluco? Viu quem está sentado na mesa do canto? O time de futebol americano inteiro dos Quahogs!

Eric respondeu:

— Não são *todos* eles. Não exagere, Katie.

— Bem, estão em número suficiente para quebrar sua cara se vissem você fazer o que acabou de fazer.

Eu realmente não podia acreditar. Quer dizer, o que ele estava *pensando*? Você não vai simplesmente até uma garota e começa a beijá-la no bar. Especialmente quando o namorado dela está sentado a apenas alguns metros.

Mesmo que, enfim, você soubesse que ela realmente gosta disso. E que ela quer repetir a dose.

— O que ele está fazendo aqui, aliás? — quis saber Eric. — Pensei que você tivesse falado que o fogo tinha passado e que finalmente ia terminar com ele.

Será que eu tinha dito para o Eric que o fogo entre mim e o Seth tinha terminado? Provavelmente. Acabara muito pouco tempo depois de nos tornarmos um casal sério, e a excitação por Seth Turner, o garoto mais popular da escola, de ter me escolhido — logo EU! — como sua namorada, já ter morrido.

Mas como você pode terminar com um cara que é simplesmente tão... bonzinho? Que tipo de pessoa horrível faria uma coisa dessas? Terminar com seu namorado de quase quatro anos porque ele é apenas... entediante?

Devo ter dito ao Eric que Seth e eu íamos terminar. Ah, Deus, o que estava acontecendo comigo? Eu não conseguia nem mais manter minhas mentiras.

— É — disse —, bem, eu ainda não consegui resolver isso. Como você pode ver.

— Katie — disse Eric pegando minha mão e olhando bem nos meus olhos castanhos com seus lindos olhos azuis, o mesmo azul do mar de Long Island num dia sem nuvens —, você tem que terminar com ele. Sabe que vocês não têm nada em comum. Enquanto você e eu, nós somos artistas. Nós temos algo especial. Não é justo você fazer isso com ele.

A verdade é que Eric estava certo. Bem, não sobre ele e eu termos algo especial — a não ser, você sabe, pelo fato de que eu acho que Eric é muito gato, e beija muito bem.

Eu me refiro à parte em que ele falou que Seth e eu não temos nada em comum. Nós não temos.

Bem, a não ser pelo fato de eu achar o Seth extremamente gato, e por ele beijar muito bem também. Acho isso desde que me entendo por gente — bem, a parte de ser gato, de qualquer forma. Eu não sabia da parte do beijo até o final do nono ano, quando Seth me beijou pela primeira vez, num jogo de verdade ou consequência no porão da casa da Sidney, depois de uma festa na piscina. Foi como um sonho realizado para mim —, o garoto que todas as meninas da escola queriam, na verdade, ME queria. Estamos namorando desde então.

Mas mesmo assim Eric estava certo.

— E quanto a você? — perguntei. — Como você está sendo justo com *ela*?

Eric nem ao menos teve a dignidade de parecer envergonhado.

— Morgan e eu não somos um casal — disse ele —, então não posso ser exatamente acusado de fazer algo errado.

— Nem eu! — insisti, mesmo sabendo àquela altura que isso era quase mentira. — Eu não fiz nada. Só estou tentando levar o bolo de aniversário para a sra. Hogarth!

— Claro — disse Eric, sarcástico. — Assim como também *não fez nada* hoje antes de seu expediente começar.

Oops. Bem, é, certo. Eu meio que dei uns amassos com o Eric no bicicletário dos funcionários, atrás do gerador de emergência, antes do trabalho.

Mas que se dane! Isso não significava que ele podia me beijar enquanto estava num encontro com outra garota!

— Volta para a Morgan agora — disse. — Isso é uma coisa horrível de se fazer. E ela é muito fofa. Eu nem sei por que a trouxe aqui. Ela é vegan. Não tem nada que ela possa comer aqui, a não ser salada.

— Estava tentando deixar você com ciúmes — disse Eric, passando as mãos na minha cintura. — Está funcionando?

Foi nesse exato momento que Peggy apareceu segurando uma jarra vazia de iced tea. Ela parou embasbacada quando nos viu. Porque, claro, fregueses não podem entrar em áreas restritas a empregados, como o bar. Nem atrás do gerador de emergência, perto do bicicletários dos funcionários.

— Algum problema, Ellison? — perguntou Peggy com uma voz desconcertada.

— Não — falei rapidamente, enquanto Eric me soltava —, ele estava apenas procurando...

— Sal — disse Eric, pegando um saleiro de uma bandeja perto da máquina de refrigerantes. — Tchau.

Ele voltou correndo para sua mesa enquanto Peggy me encarou, séria.

— Ellison — disse ela com uma voz desconfiada —, o que está acontecendo?

— Nada — falei pegando o bolo da sra. Hogarth e mostrando a ela. — Você tem um isqueiro?

— Pensei que você estivesse saindo com o irmão mais novo de Jake Turner — disse Peggy com a mesma voz desconfiada, depois de mexer no bolso da calça, pegar um isqueiro e acender as velas com os números nove e sete.

— E eu *estou* — insisti. — Eric é apenas um amigo.

Um amigo que eu gosto de beijar sempre que posso, foi o que pensei, mas não falei alto.

Peggy fez uma cara de quem não caiu naquela. Ela é gerente do Gull'n Gulp há dez anos. Imagino que já tenha visto de tudo. E que tenha escutado de tudo também.

— Eu sabia que deveria ter mandado você de volta para casa para pegar um casaco — foi o que ela falou.

Como se, com as alças do meu sutiã escondidas, eu tivesse de alguma forma conseguido NÃO ser pega beijando Eric Fluteley no bar.

Mas Peggy não teria contado para *Sidney* sobre o que me viu fazendo. Peggy não faz fofoca (e enche o saco dos funcionários quando pega algum deles fazendo isso).

Então como Sidney descobriu?

Será que ela tinha me visto mais cedo perto do bicicletário?

De jeito nenhum. Sidney nem tem bicicleta. Ela nunca vai a lugar nenhum a não ser que seja no Camaro do Dave ou no Volkswagen Cabriolet branco conversível que ganhou do pai no aniversário de 16 anos.

— Vou dizer por que Morgan Castle estava lá — disse Sidney cheia de certeza ao telefone. — Ela estava *espionando*. Para a competição.

Ah, Deus! A competição pela afeição do Eric? É exatamente isso!

Só que se Sidney soubesse disso, por que não tinha me contado nada? Sidney não é exatamente o tipo de pessoa que guarda suas opiniões, e se ela descobrisse que eu andava dando uns amassos atrás do gerador de emergência com Eric Fluteley, pode ter certeza de que ela teria algumas coisas para falar. Sidney acha que Seth e eu somos o casal perfeito, e está contando com que ela e Dave e Seth e eu sejamos os casais modelo do último ano de colégio. Se eu fosse pega beijando Eric Fluteley, isso arruinaria totalmente os planos de Sidney para o baile, e por aí vai...

— O patrocinador dela é o Oaken Bucket — continuou Sidney. — Quanto você realmente acha que eles estão contribuindo para a campanha dela? Enquanto você na verdade *trabalha* para o seu patrocinador, então eles têm um verdadeiro interesse em promover você...

Ah. Ah, meu Deus.

Eu me sentei na borda da banheira, aliviada. Certo. Então era sobre *isso* que a Sidney estava falando. Não sobre Eric. Nada a ver com Eric.

— E, sério, será que ela realmente acha que alguém vai votar numa Princesa Quahog que nem ao menos come quahogs? — quis saber Sidney.

Não acredito que quase esqueci. Havia mais um tipo de quahog. Um além do marisco e do time de futebol americano.

Tem o concurso anual da cidade para a Princesa Quahog.

No qual eu estou concorrendo.

E é por isso que Sidney não suporta Morgan, apesar de ela ser muito fofa quando você a conhece. O que aconteceu comigo, porque Morgan, que dança balé desde que tinha, sei lá, 4 anos, e que certamente algum dia vai entrar para a Joffrey Ballet Company, dançou a sequência do sonho de Laurey na produção do colégio de *Oklahoma!*, na última primavera (Eric fez o papel de Jud. E devo dizer que ele era o Jud mais gato e melancólico de todos os tempos. Muitas meninas — como eu, por exemplo — acharam que Laurey devia ter ficado com Jud, em vez daquele idiota do Curly, que foi interpretado por Brian McFadden, que meio que parece uma menina) — e eu tive que fotografá-la para o anuário e o jornal da escola.

Morgan foi muito legal por fazer seus *grands jetés* várias vezes seguidas, já que eu não conseguia tirar a foto direito com minha Sony digital, e as pernas dela ficavam sempre embaçadas. (Eu finalmente consegui tirar uma foto excelente dela no ar, com as pernas perfeitamente paralelas ao palco. Ela parece estar voando, mas está com uma expressão calma no rosto, quase entediada, do tipo "Ai, ai, eu desafio a gravidade assim todos os dias".)

Morgan vai fazer exatamente essa dança na hora dos talentos no concurso de Princesa Quahog.

E eu posso apenas dizer que uma das coisas que a Sidney mais odeia na Morgan é que o talento da Morgan é muito melhor que o dela, que é cantar uma música da Kelly Clarkson — sem falar do meu, que é o pior talento para concursos de beleza de todos... tocar piano!

Apesar disso, o fato de Morgan ter nariz arrebitado e nenhuma gordura no corpo e, nunca falar com ninguém também não ajuda pessoas como Sidney a gostarem dela. Não é que Morgan se considere melhor que todo mundo, como Sidney insiste. Ela é apenas realmente tímida.

É escandaloso que Eric estivesse tentando usá-la para tentar me deixar com ciúmes. Vou ter um papo muito sério com ele na próxima vez que dermos uns amassos atrás do gerador de emergência.

— Ah — disse para Sidney, rindo aliviada quando finalmente percebi que ela falava do concurso da Princesa Quahog, e não de Eric —, eu não acho que ela estivesse lá para nos espionar. Acho que foi apenas onde Eric a levou. Ela não podia discordar. Ele deve ter feito aquela reserva há uma semana.

— É, e qual foi a dele, também? — quis saber Sidney.
— Quem faz reserva no *Gull'n Gulp*?

Sidney, eu sabia, não estava falando mal do Gulp. É só que nenhum morador local ia se dar ao trabalho de fazer uma reserva lá, a não ser em uma ocasião especial, como a festa de aniversário da sra. Hogarth.

Ou um cara que quisesse fazer ciúmes na menina com quem ele estivesse ficando escondido do namorado dela.

— Talvez ele quisesse impressioná-la — disse, pescando com cuidado meu pente na privada, no exato momento em que ouvi uma batida na porta do banheiro.

— Tem gente — gritei para o intruso, que eu sabia ser meu irmão, Liam, acabando de chegar do flíper em Duckpin Lanes, onde ele passou a maioria, se não todas, as noites desse verão. Ninguém mais na casa estava acordado, já que passava de meia-noite.

— É, mas desde quando Eric Fluteley e Morgan Castle são um casal? — perguntou Sidney. — Isso tudo me parece um pouco conveniente demais, se quer saber minha opinião. Ela está concorrendo a Princesa Quahog e precisa de um acompanhante para o evento do traje de gala, e simplesmente começa a sair com o cara mais bonito da escola? Quer dizer, depois do Seth e do Dave. E então ela *simplesmente* aparece no Gull'n Gulp numa noite em que nós duas estamos lá?

— Eu estou no Gulp quase toda noite, Sid — expliquei. — Você também, na verdade. Realmente não acho que a Morgan estivesse lá para nos espionar.

— Ah, Deus, Katie — disse Sidney —, você é *tão* inocente.

Sidney sempre me chama de inocente porque, apesar de Seth e eu estarmos juntos há séculos, ainda sou virgem — e ela perdeu a virgindade para Rick Stamford há dois anos no quarto dele, quando os pais de Rick estavam fora de casa, na Feira da Cidade de Eastport.

Mas eu só não acho boa ideia, para uma garota que parece não conseguir beijar apenas um cara de cada vez, começar também a dormir com eles. Quer dizer, ao menos Sidney tinha certeza que ela amava Rick (e pensava que o sentimento era correspondido). Eu acho que o fato de não conseguir parar de beijar Eric Fluteley é um ótimo sinal de que, apesar de sempre ter achado Seth tão gato e tudo mais, não estou apaixonada por ele...

... e o fato de que não consigo parar de beijar Seth significa que provavelmente também não estou apaixonada por Eric.

Apesar disso, eu meio que imagino se Sidney ia continuar achando que sou inocente se soubesse *realmente* por que Morgan Castle foi ao Gull'n Gulp essa noite — porque Eric Fluteley a levou lá para me deixar com ciúmes.

Não que eu vá contar a ela ou a qualquer outra pessoa sobre isso.

Liam bateu novamente na porta. Eu joguei o pente na pia, liguei a água quente na esperança de matar quaisquer germes que estivessem crescendo nele, graças ao mergulho na privada, e abri a porta com força.

— Estou *aqui dentro* — disse ao meu irmão, que só neste verão cresceu vinte centímetros em três meses e agora me passou de longe. Apesar disso, com 1,70m, eu sou dez centímetros mais alta que a Sidney e, na verdade, uma das meninas mais altas da minha turma. Especialmente quando meu cabelo está como deveria, todo cheio.

— *Sei* disso — disse Liam, sarcástico. — Eu preciso...

— Então usa o banheiro lá de baixo — falei, começando a fechar a porta.

— Queria contar uma coisa para você — disse Liam, colocando uma das mãos na porta para que eu não conseguisse fechá-la. — Se você parasse de tagarelar no telefone um minuto para escutar. Quem é afinal? Sidney?

— Espera aí, Sid — disse ao telefone.

Então desliguei a água quente — eu não tenho certeza de quanto tempo demora para esterilizar germes de privada de um pente de plástico, mas também não quero desperdiçar água — e falei para o Liam com uma voz impaciente:

— *O quê?*

— Quem é? — quis saber Sidney — Liam?

— É.

Para o Liam, repeti:

— O que é?

— Ah, nada — disse Liam encolhendo os ombros. — É só que eu vi alguém que você conhece essa noite em Duckpin Lanes.

— Isso é emocionante — disse a ele. — Agora vá embora.

— Certo, tudo bem — disse Liam se virando e seguindo no corredor em direção ao quarto. — Só achei que você quisesse saber quem é.

— Quem? — perguntou Sidney no meu ouvido — Quem ele viu? Ah, meu Deus, pergunte a ele se era o Rick. Se era o Rick e ele estava com Beth Ridley, eu vou morrer. Martha disse que ouviu dizer que Rick e Beth ficaram no churrasco de 4 de julho da Hannah Lebowitz.

— Liam — falei.

Não falei alto porque não queria acordar mamãe e papai, que estavam no andar de baixo, no quarto que construíram junto à lavanderia há dois anos para que pudessem ficar longe de nós, crianças.

— Quem era? Era Rick Stamford?

— Quem dera — disse Liam com uma risada.

— Como assim, *quem dera*? — perguntei.

— Eu quero dizer que você *preferiria* que fosse Rick Stamford, e não quem eu vou dizer. Porque quando eu disser, você vai surtar.

— Era o Rick? — quis saber Sidney. — O que ele disse? Eu não consigo escutar. Seu telefone tem o pior sinal...

— Não era o Rick — disse ao telefone enquanto Sidney falava nervosa do outro lado:

— Então deve ter sido uma celebridade! Era o Matt Fox? Ouvi dizer que ele está comprando uma casa de praia lá em Westport. Era o Matt Fox? Pergunte a ele se era o Matt Fox!

— Era o Tommy Sullivan — disse Liam, seco.

Naquele momento deixei cair meu celular. Por sorte, no entanto, não na privada. Em vez disso, ele caiu no chão.

Onde se quebrou em três pedaços.

Enquanto o celular caía pude ouvir Sidney falando:

— Espera, eu não escutei o que ele falou, o que ele... Então... *pow*.

Então... silêncio.

Liam olhou os pedaços do meu celular no chão e riu.

— Era isso que eu estava tentando contar a você — disse ele — Tommy Sullivan está de volta à cidade.

Três

Certo, por quê?

É tudo que eu quero saber.

Por que Tommy Sullivan tinha que voltar *agora*, justo quando as coisas estavam indo perfeitamente bem, para bagunçar tudo?

O verão antes do seu último ano no colégio é o último em que você pode realmente se divertir. Sem preocupações com inscrição na faculdade e vestibular. Sem ter que se preocupar com atividades extracurriculares ou química.

E esse vinha sendo o verão mais maravilhoso de toda a minha vida até agora: as pessoas começaram a perceber que apesar de ser a melhor aluna da sala, eu era uma pessoa divertida. Tenho um emprego que amo, em que ganho dinheiro o suficiente para (quase) conseguir pagar pela câmera que eu realmente quero comprar. Tenho um namorado fantástico, e um garoto ainda mais gato para me agarrar atrás do gerador de emergência quando o namorado não está por perto...

Então por que Tommy Sullivan tinha que voltar para a cidade AGORA, e arruinar tudo?

Liam não me deu nenhum detalhe ontem à noite depois que deixou a bomba cair, porque ficou chateado por eu não ter parado de falar ao telefone com a Sidney para escutá-lo. Liam está com 14 anos e vai começar o primeiro ano do Ensino Médio na Eastport High, e sua nova altura atraiu totalmente a atenção do treinador Hayes, que no dia da matrícula notou que Liam era mais alto que todo mundo e perguntou se ele ia fazer o teste para entrar para os Quahogs.

E como Liam — assim como qualquer outro garoto em Eastport — praticamente vive para o time de futebol americano dos Quahogs, isso o deixou maluco. Está impossível conviver com ele desde então. E o teste será só na sexta-feira.

Mas eu sabia por experiência própria que ele ia acabar cansando e que deixaria escapar os detalhes dessa história do Tommy Sullivan. Liam não conseguiria guardar um segredo para salvar a própria vida.

E é por isso que, quando vi que horas eram quando acordei na manhã seguinte, disse meu melhor palavrão, rolei da cama e, mesmo sem antes tomar banho, coloquei minhas roupas (e, tudo bem, um pouquinho de maquiagem, porque uma menina concorrendo a Princesa Quahog realmente não deve ser vista em público sem seu rímel), subi na minha bicicleta, e pedalei até a ACM, onde Liam tem ido todos os dias para levantar peso na esperança de ficar sarado para o teste dos Quahogs na sexta.

Ah, sim, eu sou tipo a única pessoa de 17 anos em Eastport que não tem um carro. Não sou uma daquelas ambientalistas vegan que andam com Morgan Castle e vão ao Oaken Bucket ou coisa assim. Adoro carne. Eu só acho que se você vive numa cidade pequena — e Eastport tem apenas 25 mil moradores fixos (ainda que entre maio e agosto a população cresça para 35 mil por causa dos turistas de verão) —, deve andar de bicicleta em vez de dirigir. É melhor para o meio ambiente, e melhor para o seu corpo também.

Sidney acha que é estranho eu estar guardando dinheiro para uma câmera e não para um carro, como todas as outras pessoas que conhecemos (apesar de que, para dizer a verdade, todas as outras pessoas que a gente conhece ganharam um carro no aniversário de 16 anos, eu pedi — e ganhei — um Power Mac G5, com uma impressora colorida para poder imprimir minhas próprias fotos, apesar de eu ainda levar meus filmes na Eastport Towne Photo quando quero algo que pareça profissional). Mas não tem nenhum lugar que eu precise ir que não dê para chegar de bicicleta (tirando a cidade, mas eu posso usar o transporte público para isso), então por que gastar combustível não renovável quando posso simplesmente usar a energia das pedaladas?

E, ao contrário de Sidney, não tenho que gastar horas na academia toda semana, já que faço muito exercício simplesmente andando de bicicleta por aí.

Ah, ótimo. Certo, hora de uma confissão verdadeira: eu enjoo no carro. Na verdade eu enjoo em qualquer coisa — carro, barco, avião, trem, até boia (quando fico flutuando numa boia na piscina) e até mesmo no balanço.

A única forma de eu não ficar enjoada? Quando eu estou caminhando. Ou andando de bicicleta.

Minha mãe põe a culpa de tudo isso nas infecções de ouvido que tive quando era criança. Meu pai — que nunca ficou doente um dia na vida, e não deixa nenhum de nós se esquecer disso — acha que é tudo psicossomático, e que assim que eu me apaixonar por um garoto bonito o suficiente não vou ficar enjoada por nada nesse mundo quando ele estiver me levando para passear, e que até mesmo vou querer tirar carteira de motorista. Por exemplo, para poder dirigir com o garoto numa Ferrari pelos Alpes. Porque, meu pai diz, ninguém consegue viver como adulto sem ter uma carteira de motorista.

Mas, como já disse a ele várias vezes, não existe no mundo um garoto tão bonito para que isso aconteça.

E além do mais, existe um lugar onde é totalmente possível viver como adulto sem ter uma carteira de motorista: Nova York, onde todos os grandes fotógrafos dos Estados Unidos vivem e trabalham.

E adivinha? Lá eles também têm ciclovias.

De qualquer forma, deixei a bicicleta do lado de fora da ACM e entrei para achar meu irmão deitado num banco, puxando umas cordas que faziam alguns pesos atrás dele subirem alguns centímetros. O que não era de espantar é que tinha um bando de meninas de 14 anos reunidas a sua volta, rindo animadas. Desde quando se espalhou a notícia de que o próprio treinador Hayes tinha falado para Liam fazer o teste para os Quahogs, todas as meninas de 14 anos da cidade têm ligado lá para casa o dia inteiro, perguntando pelo Liam.

Evidentemente, todas as Tiffanys e Brittanys de quem tenho anotado as mensagens descobriram onde Liam gasta o tempo livre — quando ele não está em Duckpin Lanes.

— Com licença, senhoritas — disse a elas —, mas preciso falar com meu irmão.

As Tiffanys e Brittanys riram como se eu tivesse falado algo engraçado. Sério, nunca vi tantas barrigas bronzeadas na minha vida. Será que as mães dessas meninas as deixam sair de casa vestidas desse jeito? Eu podia apostar que elas saíam de casa com roupas de verdade e tiravam tudo assim que as mães não estavam mais olhando.

— Agora não, Katie — disse Liam, o rosto ficando muito vermelho.

Não porque ele estava envergonhado, mas porque estava levantando muito mais peso do que provavelmente deveria, para impressionar as meninas.

— Ah, sim, agora — falei, puxando um dos pelos da perna dele.

CRASH! Fizeram os pesos atrás dele.

Liam disse uns palavrões bem cabeludos e as meninas dispersaram dando risinhos histéricos, mas recuando só até o bebedouro perto da mesa onde entregam toalhas.

— Você não viu Tommy Sullivan de verdade em Duckpin Lanes ontem à noite — disse para meu irmão. — Ou viu?

— Não sei — disse Liam. — Talvez não. Talvez tenha sido outro cara que veio até mim e perguntou se eu era o irmão mais novo de Katie Ellison, e se apresentou como Tom Sullivan. Por que você tinha que fazer isso? Puxar o pelo da minha perna desse jeito? Eu odeio quando faz isso. Eu podia ter me machucado seriamente, você sabe...

— *Tom* Sullivan?

Pela primeira vez desde que eu ouvi a notícia de que Tommy Sullivan estava de volta à cidade, meu coração ficou mais tranquilo. Tommy nunca chamou a si mesmo de Tom. Ele sempre foi Tommy, desde o jardim de infância — quando eu o conheci.

Talvez quem quer que Liam tenha encontrado ontem à noite não seja Tommy Sullivan — o *meu* Tommy Sullivan — no fim das contas!

— Talvez fosse outra pessoa — disse esperançosa. — Algum outro Thomas Sullivan.

O olhar que Liam dirigiu a mim foi muito sarcástico.

— Claro — disse ele. — Algum outro Thomas Sullivan que me disse que tinha sido da sua sala na escola e queria saber como você estava... e tem cabelo ruivo?

Meu coração parou de bater completamente. Juro, por alguns segundos eu não consegui nem respirar. Eu podia ouvir o rock que tocava no sistema de som da academia — estava ligado na estação local de música pop.

Mas o som parecia muito distante.

Porque só tinha um Tommy Sullivan que eu conheço que foi da minha sala na escola.

E apenas um Tommy Sullivan que eu conheço que tem cabelo ruivo.

Aquele cabelo! Quantas vezes desde o oitavo ano, quando Tommy deixou a cidade, eu tinha visto um garoto — um turista, geralmente — com cabelo ruivo e fora checar, com o coração acelerado, certa de que era Tommy e de que teria que olhar naqueles seus olhos amendoados, que em certas luzes eram tão verdes quanto o mar na maré alta, e em outras, âmbar como folhas num dia de outono, algumas vezes até mesmo dourados, como o mel — só para o cara virar e acabar não sendo o Tommy.

Ufa, eu sempre dizia quando isso acontecia.

Mas será que Liam podia estar dizendo a verdade? Será que minha sorte — no que diz respeito a Tommy Sullivan, pelo menos — tinha enfim acabado?

— O que você disse? — perguntei, deslizando para o banco ao lado de Liam.

O que foi um erro, já que o banco estava molhado de suor. Mas não liguei muito, porque ainda não tinha mesmo tomado banho.

— Quando ele perguntou como eu estava, o que você disse?

— Eu disse que você estava bem — disse Liam. — Disse que você estava namorando Seth Turner.

Meu sangue gelou. Eu não podia acreditar naquilo. Liam disse para Tommy Sullivan que eu estava namorando um *Quahog*.

— Você *disse* isso a ele? Por que disse isso a ele?

— O que mais eu poderia dizer? — disse Liam, levantando do banco para pegar sua garrafa de Gatorade e parecendo incomodado. — Ele perguntou o que você andava fazendo. Disse a ele que você estava concorrendo a Princesa Quahog.

Eu grunhi. Até podia imaginar o que Tommy deve ter pensado sobre minha candidatura a Princesa Quahog: um título honorário sem absolutamente nenhum benefício, a não ser o de que a Princesa Quahog pode andar num Chevrolet conversível com o prefeito durante o desfile da Feira da Cidade de Eastport (eu pretendo realmente tomar um Dramin antes, se ganhar), e de abrir o Festival do Quahog, que acontece no terceiro domingo de agosto.

Que por acaso é no final desta semana.

E, tudo bem, para se inscrever você precisa ter uma média de no mínimo 6,0 (o que, acreditem, já elimina MUITAS garotas da minha escola) e estar disposta a aparecer em um monte de eventos bregas durante a Feira da Cidade de Eastport — como o campeonato de comer quahog (nojento) e as corridas de quahog (chato: mariscos não são rápidos).

Mas, para compensar isso tudo, a vencedora ganha também 1.500 dólares como bolsa de estudo do comitê do Festival do Quahog de Eastport.

O melhor de tudo: o prêmio vem como um cheque ao portador, que ela pode depositar na própria conta e gastar com o que quiser. Quer dizer: eles não verificam se ela vai gastar com educação.

O que, vou ser franca, é a razão por que eu estou concorrendo a Princesa Quahog.

E, certo, sei que não tenho nenhuma chance com a Sidney também concorrendo (ela não dá a mínima para o dinheiro; está nessa pela tiara).

Mas pelo menos tenho mais chances que Morgan Castle. Porque Morgan Castle mal abre a boca em público, de tão tímida.

Embora ela tenha um talento muito melhor que o meu. Quer dizer, para competir em um concurso de beleza.

E, sim, eu consigo ver que concursos de beleza são sexistas, e tudo mais. Mas dá um tempo. Mil e quinhentos dólares? Até mesmo o segundo lugar paga mil. O terceiro, quinhentos.

Então, mesmo que tanto Sidney como Morgan me vencerem (o que é provável), ainda vou ter mais quinhentos dólares do que teria se não tivesse me inscrito (a única outra participante é Jenna Hicks, que tem vários piercings no nariz e nas sobrancelhas, só veste preto não importa o calor, e cuja mãe a fez entrar para que pudesse interagir com mais garotas de sua idade que não deem "Kafka" como resposta para Interesses nas páginas do MySpace. O que, sem querer ser má ou algo assim, não faz de Jenna uma candidata séria).

O que é bom, porque meus pais me fizeram diminuir minhas horas no Gull'n Gulp para uma noite por semana quando voltar à escola no próximo mês, então vou precisar muito da grana.

— O que Tommy disse? — perguntei. — Quando contou sobre o concurso de Princesa Quahog...

Liam encolheu os ombros:

— Ele riu.

Senti os cabelos na minha nuca se arrepiarem.

— Ele *riu*? — falei, não gostando *nem um pouco* de ouvir aquilo. — Riu como?

— Como assim riu como? — quis saber Liam.

— Ele riu como se achasse engraçado ou como um gênio do mal? Foi *ha ha ha*? Ou foi um *ha ha* diabólico?

— O que há de *errado* com você? — perguntou Liam, alto o suficiente para fazer as Tiffanys e as Britannys voltarem a dar risinhos perto da mesa das toalhas.

Que se dane. Podem rir. O que garotas de 14 anos com a barriga de fora e calças de ioga sabem sobre dor? (Não apenas o tipo de dor que sente quando seu piercing no umbigo feito ilegalmente na cidade infecciona e você tem que contar à sua mãe para que ela a leve ao médico — e depois deixa você de castigo.)

Estou falando de dor de verdade, como a de tentar entender o que Tommy Sullivan está fazendo de volta à cidade. Ele e os pais se mudaram — para Westchester, perto de Nova York, num outro estado — no verão anterior ao meu ano de caloura... o mesmo verão em que brinquei de verdade e consequência e beijei Seth pela primeira vez. Eles nunca falaram que estavam indo embora por causa do que tinha acontecido no ano anterior. Na verdade, minha mãe, que era a corretora deles e vendeu a casa, disse que a sra. Sullivan contou que eles estavam se mudando para que o sr. Sullivan ficasse mais perto do trabalho, em Manhattan.

Mas todo mundo meio que concluiu que o que tinha acontecido com Tommy — e o muro do ginásio da Eastport Middle School — fora o principal motivo.

Então, por que voltar? É verdade que os avós dele ainda moram aqui — nós os vemos às vezes, quando mamãe e papai nos obrigam a almoçar no Iate Clube, do qual são sócios não porque temos um iate (o barco do papai é usado exclusivamente para pescar, não tem nem um banheiro; o que não é a única razão para eu não entrar ali, mas é uma delas), mas porque é bom conhecer gente se você trabalha no ramo imobiliário, como eles.

E, tudo bem, imagino que Tommy deva vir visitar os avós algumas vezes... embora, na verdade, antes isso nunca tenha me passado pela cabeça. Por que eles simplesmente não iam visitá-lo em Westchester? Quer dizer, Eastport não tem como trazer muitas lembranças boas para ele. Por que ele ia querer vir *aqui*?

Mas mesmo se simplesmente aconteceu de ele estar aqui porque estava visitando os avós, por que ele iria a Duckpin Lanes, que é onde todos os caras da cidade vão? Esse é o ÚLTIMO lugar onde você imaginaria que um cara tão universalmente desprezado como Tommy Sullivan poderia ir.

— Katie?

Olhei para cima e vi Seth sorrindo para mim, com aqueles lindos olhos azuis e os bíceps definidos, recém-saídos da malhação.

— O que você está fazendo aqui? — quis saber. — Você nunca vem à ACM.

O que não é exatamente verdade. A ACM foi onde fiz meu primeiro curso de fotografia. Aquele que me fez ficar louca por câmeras logo de cara, mesmo que o instrutor — o ranzinza do sr. Bird, proprietário da Eastport Old Towne Photo — não fosse muito encorajador.

Mas eu deixei essa passar porque, vocês sabem, ele é lindo. E por acaso é meu namorado. Bem, um deles, pelo menos.

— Ah, eu só vim ver como Liam estava — disse, enquanto Seth abraçava minha cintura e me dava um beijo.

Isso me deixou feliz por ter passado rímel. Já era bastante ruim o fato de que eu estava com o mesmo cabelo de quando tinha acordado.

Naturalmente, não mencionei *por que* tinha ido ver Liam. Em minha longa e variada carreira de mentirosa — que começou aproximadamente na mesma época em que Tommy Sullivan saiu da cidade — aprendi que às vezes é mais educado mentir para as pessoas do que contar a verdade. Especialmente quando a verdade pode machucá-las. Seth não aguenta sequer ouvir o nome de Tommy. Fica todo quieto e de mau humor toda vez que o assunto surge... apesar de o irmão dele parecer perfeitamente feliz de trabalhar com o pai.

Embora provavelmente não tão feliz quanto estaria se estivesse jogando futebol americano na faculdade.

Então eu achei melhor, ao longo dos anos, simplesmente não tocar no nome de Tommy na frente do Seth.

— Tentei ligar para você a manhã toda — disse Seth.
— Seu celular está desligado?

Oops. Eu tinha conseguido juntar todos os pedaços do meu telefone de volta e coloquei o carregador na tomada, mas me esqueci de ligá-lo. Tirei o telefone do bolso do meu short e apertei POWER. Um segundo depois vi meu protetor de tela — uma foto de Seth olhando para mim, apaixonado, sobre uma porção de bolinhos de quahog.

— Minha geniozinha — disse Seth carinhosamente.

Porque mesmo sendo a melhor da turma, eu sempre faço coisas como esquecer de ligar meu celular.

Um segundo depois, ele tocou:

— O que aconteceu com você ontem à noite? — perguntou Sidney. — A ligação caiu. Eu tentei ligar para você de novo um milhão de vezes depois e só caía na sua caixa de mensagens.

— Bem — falei —, deixei meu telefone cair e ele explodiu. Tive que recarregá-lo.

— Ah. Então. Quem era?

— Quem era o quê?

— Quem seu irmão viu em Duckpin Lanes? — quis saber Sidney.

— Ah — disse, pensando rápido, vendo Seth começar a mostrar a Liam como se usava outra máquina ao lado, enquanto as Tiffanys e as Brittanys ficavam em volta, olhando mais apaixonadas do que nunca.

Porque, bem, era o irmão mais novo de Jake Turner: eu não podia culpá-las. Senti o mesmo por ele quando comecei o nono ano. Ainda sinto. Bem, mais ou menos.

— Aquilo... não era ninguém. Só um cara que o Liam conhecia do acampamento.

— Por que ele achou que você ligaria para *isso*?

— Não sei — disse eu. — Porque ele deixou essa coisa de Quahog subir à cabeça completamente, quem sabe?

— Ah, verdade. Bem, onde está você?

— Na ACM — falei — com Seth.

Eu não mencionei toda a parte de ter que ir até a ACM para ver meu irmão, e não Seth, muito menos nada sobre Tommy Sullivan estar de volta à cidade. Quer dizer, não dá para contar isso para *ninguém*. Para nenhum dos meus amigos, pelo menos. Todos conseguiram esquecer que eu andava com Tommy Sullivan. Não quero fazer nada para lembrá-los desse fato.

— Ah, bom — disse Sidney. — Chame o Seth, vá para casa e pegue o biquíni. O vento está forte, então Dave quer fazer kite-surf. Nós vamos para o Point.

Point é a praia particular que pertence ao Iate Clube de Eastport. Ninguém em Eastport vai para as praias públicas, porque não quer ficar junto de um monte de turistas. Além disso, no jornal estão sempre falando que acharam traços de *e. coli* na água de alguma praia pública (culpa de turistas com trailers, que ilegalmente esvaziam seus banheiros na água).

Ainda assim, por causa de toda essa coisa do Tommy, eu não estava exatamente no espírito de ir à praia.

— Não sei — resmunguei. — Eu estava meio que pensando em ir para casa e praticar...

— Para o concurso? — disse Sidney com desgosto. — Ah, *esquece*.

— ... e eu tenho o turno do jantar no Gulp hoje.

— Qual é o problema? Leva as roupas do trabalho. Você pode se trocar no clube. Precisa caprichar mais no seu bronzeado do que naquela coisa de Gerson...

— Gershwin — corrigi. — É "I've got rhythm", de George Gershwin.

Adoro a Sidney e tal, mas, francamente, *Gerson*?

— Tanto faz — disse Sidney. — Pegue suas coisas e vá para o clube.

E é por isso que mais tarde eu estava deitada numa toalha azul e branca do Iate Clube de Eastport, escutando a água bater na areia (eu não iria tentar enganar ninguém dizendo que estava escutando o som das ondas, porque é claro que não tinha ondas no mar de Long Island) e vendo meu namorado e Dave Hollingsworth tomarem uma surra no kite-surf.

— Alerta de gato — disse Sidney, deitada ao meu lado, com uma voz indiferente, enquanto um garçom do clube passava na areia quente segurando uma bandeja de bebidas para algumas mães jovens e animadas sentadas sob uma barraca de praia, olhando seus filhos construírem castelos de areia.

Eu mal levantei a cabeça. Sid estava certa. Preciso mesmo caprichar no meu bronzeado. Comparada a ela, eu parecia mesmo um cadáver.

Sidney também estava certa sobre passar o dia na praia. O dia estava lindo — 25 graus com uma brisa fresca vindo da água, céu limpo e um sol de rachar. O mar brilhava à nossa frente como uma safira azulada. Nós não teríamos muitos outros dias como esse. A escola ia começar em algumas semanas, e então tudo estaria acabado.

Também ajudou o fato de que Seth, quando me viu de biquíni, ronronou aprovando:

— Ei, gostosa!

Ah, sim. Eu só quero saber de praia hoje. Quem se importa com o que Tommy Sullivan estava fazendo em Duckpin Lanes ontem à noite? Quem se importa com o fato de ele estar perguntando sobre mim? Ele provavelmente estava na cidade apenas para visitar os avós. Provavelmente só perguntou por mim para o Liam por conta dos velhos tempos, nada mais. Quer dizer, por qual outro motivo ele perguntaria sobre mim?

— Cansei dos garçons daqui — disse em resposta ao alerta de gato da Sidney. — Você soube daquele cara, Travis? Ele dava Coca normal para todo mundo que pedia diet. Shaniqua me disse que ele ficava se gabando disso lá no Sea Grape. Isso é tão errado.

— Não o garçom, bobinha — disse Sidney. — Aquele gato ali.

Eu virei minha cabeça para olhar para onde ela estava apontando. Parecia que tinha caras em todos os lugares — alguns gatos, e alguns não tão gatos — com seus calções de banho largos, levando surra no kite-surf, jogando uma bola de futebol americano ou jogando frisbee de forma perigosa. Esse é o problema dos caras, eu percebi. Eles são totalmente incapazes de ficar sentados quietos. Ao contrário de mim. Eu poderia ficar deitada numa posição sem me mexer por horas.

Se não tivesse que ir ao banheiro o tempo todo por causa de tanta Coca diet que bebia.

— Não *aquele* — disse Sidney, notando a direção do meu olhar. — *Aquele* ali, saindo da água nesse momento. Aquele com a prancha de windsurf. O *ruivo*.

Minha cabeça virou tão rápido que ouvi os ossos na minha nuca estalarem.

Não podia ser. Não *podia*.

Porque o cara saindo da água tinha mais de 1,80m — 30cm mais alto do que o Tommy na última vez que o vi — e uma pele dourada. O cara saindo da água também era totalmente sarado. Não de um jeito fortão, como alguns dos caras que eu vi na academia da ACM, mas com um corpo atlético magro, bíceps bem definidos, e um abdome que deixaria um tanque de verdade com inveja.

Enquanto Tommy Sullivan, na última vez em que o vi, tinha o peitoral para dentro, pele branca como leite (onde não era coberta por sardas), cabelo da cor de uma moeda de cobre nova e braços tão finos quanto um palito de dente.

Bem, é verdade, eu posso estar exagerando *um pouco*. Ainda assim, ele nunca foi nada que desse muita vontade de olhar.

Não como aquela visão diante de nós, que estava balançando a água do cabelo marrom-avermelhado um pouco comprido enquanto se inclinava para deixar a prancha (revelando, enquanto isso, o fato de que, sob seu short largo — tão pesado da água que tinha descido perigosamente da cintura —, havia o que parecia ser um glúteo excepcionalmente formado).

Sidney, que parecia não ser mais capaz do que eu de afastar o olhar daquele exemplo de deus em forma humana, disse:

— Eu acho que morri e fui para o Céu dos Gatos.

— Cara, você tem namorado — eu a lembrei automaticamente.

— Cara, você também — lembrou ela de volta, esquecendo de mencionar (porque ela não sabia) que, na verdade, eu tenho *dois* namorados.

Mas ficou muito difícil me lembrar de algum deles quando o garoto do windsurf se ergueu depois de deixar a prancha, virou-se e começou a andar na direção da sede do clube... e na nossa direção.

A mão da Sidney voou para segurar meu pulso com tanta força que doía — principalmente porque ela estava afundando as unhas pintadas à francesinha no meu braço.

— Cara, ele está vindo para cá — disse ela.

Como se eu não estivesse vendo aquilo. O garoto do windsurf estava se movendo pela areia diretamente na nossa direção... que não era o caminho mais curto para a sede do clube. Fiquei feliz pelas lentes do meu Ray-Ban serem polarizadas, assim pude perceber os pequenos detalhes que seriam impossíveis de notar de outra forma, considerando-se o brilho da água... os pelos dourados que cobriam suas pernas... os pelos no abdome definido que subiam da barra do short... o queixo quadrado e os lábios cheios, esboçando um sorriso... os olhos âmbar sorridentes se apertando na forte luz do sol, porque os óculos escuros estavam pendurados em um cordão em volta do pescoço...

Espere. *Olhos âmbar?*

— Oi, Katie — disse Tommy Sullivan para mim com uma voz grave.

Então ele passou direto por nós, subindo os degraus para o deque da sede do clube, e, passando pelas portas duplas, desapareceu dentro do saguão gelado pelo ar-condicionado.

Quatro

Sidney voltou o olhar incrédulo para mim no momento em que as portas duplas se fecharam atrás dele.

— Espera um minuto — disse ela tirando os óculos escuros para olhar fixamente para mim. — Você *conhece* aquele cara? Quem é ele? Nunca o vi antes. Eu me lembraria.

Mas eu não conseguia responder. Porque estava totalmente congelada.

Tommy Sullivan. Tommy Sullivan estava de volta à cidade. Tommy Sullivan estava de volta à cidade e tinha dito oi para mim.

Tommy Sullivan estava de volta à cidade, tinha dito oi para mim e estava um *gato*.

Não. Não. Isso não fazia sentido.

De repente eu estava de pé. Não podia ficar deitada ali nem mais um segundo. Estava surtando, basicamente.

— Katie? — disse Sidney protegendo os olhos do sol com uma das mãos e olhando para cima. — Você está bem?

— Estou ótima — disse automaticamente.

Exceto pelo fato de que estava mentindo (para variar). Eu não estava ótima. Estava longe de estar ótima. Precisava sair dali. Precisava sair. Precisava... eu não sabia de que precisava. Eu me virei na direção dos degraus do deque da sede do clube, então percebi que aquele era um lugar totalmente errado para ir. Era para onde Tommy tinha acabado de ir!

E eu não queria esbarrar com Tommy.

Então me virei novamente, agora na direção da água.

— Katie? — Sidney me chamou. — Aonde você está indo? Você não vai entrar na *água*, vai?

Não respondi. Eu *não podia* responder. Comecei a andar para a água, passando pelas crianças que construíam castelos de areia — umas delas gritou comigo, indignada, quando acidentalmente causei a queda de uma de suas torres.

Não me desculpei. Continuei andando, passei pelos bebês brincando com suas avós na beira da água, pelos garotos mais velhos na altura onde a água batia no joelho, e pelos garotos ainda mais atrevidos que remavam com a água na altura das minhas coxas e os que flutuavam nas boias.

Atrás de mim, escutei Sidney chamar:

— Katie!

Mas continuei andando, até que a água ficou na altura da minha cintura, e depois finalmente das minhas costelas, e então o chão de areia fofa desapareceu sob meus pés e eu enchi o pulmão de ar, fechei bem os olhos e me deixei afundar.

Era silencioso debaixo d'água. Silencioso e frio. Pensei em ficar lá embaixo, onde Tommy Sullivan nunca, mas nunca mesmo, iria me encontrar.

Mas então eu me lembrei do *e. coli* e me ocorreu que alguns deles poderiam ter flutuado até a praia particular. Só porque o Iate Clube mantém os turistas afastados da praia, não quer dizer que consegue manter as fezes deles longe da água.

Então eu nadei bem rápido até a areia e voltei para minha toalha, pingando e com frio.

Mas pelo menos tinha tirado a imagem do novo e melhorado Tommy Sullivan do meu cérebro. Em vez disso, tudo em que eu conseguia pensar eram doenças contagiosas.

O que, acreditem, era preferível.

— O que foi isso? — perguntou Sidney quando eu caí, ofegante após nadar, na minha toalha.

— Fiquei com calor — foi minha desculpa esfarrapada.

— Meu Deus, eu percebi — disse Sidney. — Pensei que você odiasse entrar na água. Achava que você ficava enjoada dentro d'água.

— Só *sobre* a água — respondi. — Eu enjoo em barcos

— Mas você tem aquela outra coisa, aquela coisa dos germes...

— Eu tenho certeza de que vai ser tranquilo hoje — menti. — A água parece clara.

— Ah. Então, quem era aquele cara mesmo?

— Humm, aquele cara?

Bacilo. Isso que o *e. coli* é. Uma forma de bacilo. Era nisso que eu devia me concentrar. Bacilos. Não em Tommy Sullivan. E no fato de que ele está de volta. E gato. Muito gato.

— Ah, aquele é o cara de quem Liam estava falando ontem à noite.

O que, eu pensei impressionada comigo mesma, nem era uma mentira.

— Aquele do acampamento?

— Ahan.

Bem, certo, *isso* era uma mentira.

— Humm — disse Sidney interessada. — Lembre-me de entrar para o acampamento um dia desses.

E foi isso. Assim foi o final da conversa. Especialmente por que Tommy não voltou. Eu fiquei deitada lá — depois de ficar embaixo do chuveiro da praia por vinte minutos, porque, bem, bacilos — esperando, tensa de ansiedade, pensando freneticamente no que eu diria se ele voltasse e tentasse falar comigo...

Mas ele parecia ter ido embora.

Talvez, pensei comigo mesma, aquele não fosse Tommy no fim das contas. Talvez fosse algum cara que eu servi no restaurante ou algo assim. Talvez apenas *se parecesse* com Tommy Sullivan. Ou com Tommy Sullivan se ele tivesse ficado gato.

Talvez fosse apenas coincidência Liam ter encontrado com um cara chamado Tommy Sullivan na noite anterior e eu ter visto um cara que poderia ser um Tommy Sullivan mais velho e gato hoje.

Só que... se ele não era Tommy Sullivan, como ele sabia meu nome?

E aqueles olhos âmbar?

Seth e Dave voltaram da água logo depois e fomos até o deque tomar Coca-Cola. Nenhum sinal de Tommy Sullivan. Ou do Cara Que Podia Ser Tommy Sullivan Se Tommy Sullivan Tivesse Ficado Gato.

Talvez fosse tudo minha imaginação. Talvez aquele cara fosse alguém que a gente conhecesse da escola, algum garoto que eu nunca tinha notado antes e que cresceu trinta centímetros no verão e começou a malhar, como meu irmão, ou algo do gênero.

Era possível. Coisas mais estranhas já tinham acontecido.

Depois de trocar de roupa e ir de bicicleta até o Gulp para o trabalho, eu tinha esquecido completamente o incidente na praia — sem contar as notícias alarmantes de Liam. Não porque estivesse me concentrando em pensar em bacilos em vez disso, mas porque Seth, que me encontrou lá para ficarmos um pouco no carro antes do meu turno, não parava de me falar como eu estava bonita no meu biquíni (eu sabia que andar de bicicleta ia valer a pena). Ele comentou que nós teríamos um ano incrível — nosso último ano no colégio — e como estaríamos lindos quando nos coroassem Rei e Rainha do Baile de Formatura.

O que, vou admitir, é uma coisa meio brega para se falar. Na verdade, Seth e eu temos verdadeiras conversas intelectuais de tempos em tempos. Bem, intelectuais pode ser um pouco de exagero. Mas de vez em quando eu arrasto Seth para uma exposição de fotografia na cidade e tento explicar as imagens para ele, por que funcionam ou não funcionam, na minha opinião.

E, tudo bem, em geral a gente simplesmente acaba dando uns amassos em algum parque ou algo assim.

Mas Seth é mais do tipo forte e silencioso. Ele é uma pessoa realmente boa.

E é por isso que, você sabe, nunca vou poder terminar com ele. Porque isso seria maldade e eu não sou uma garota má.

E é por isso que, mesmo depois do comentário sobre o rei e a rainha do baile, uma coisa levou a outra e logo nós estávamos dando uns amassos na cabine do carro dele... apesar de ser dia claro e eu ter um turno de seis horas me esperando.

É simplesmente muito difícil se preocupar com um cara com quem você não falou nos últimos quatro anos quando a língua de um outro está na sua boca. Especialmente quando acontece de ser a língua de Seth Turner, que é provavelmente a língua mais disputada de Eastport. Ao menos entre garotas adolescentes. E alguns garotos também.

Foi só depois que saí da picape do Seth e pedalei até os fundos do restaurante, na entrada dos funcionários, que vi Eric Fluteley esperando por mim ao lado do bicicletário.

Então, claro, eu tinha que reclamar com ele por causa de toda aquela coisa de Morgan Castle. O que não foi fácil fazer enquanto o beijava, mas eu consegui. Minha mãe diz que sempre levei jeito para fazer várias coisas ao mesmo tempo, que é por isso que eu tiro notas tão boas e ainda consigo manter uma vida social decente e tudo mais, e que mesmo quando eu era uma criancinha eu conseguia ver TV, colorir e fazer bolo no meu forninho de brinquedo simultaneamente.

O que não é tão diferente, se você for pensar, de beijar um rapaz enquanto ao mesmo tempo o acuso de ser um mentiroso sem-vergonha.

Acho que deve ter algo errado comigo. Quer dizer, por que eu preciso de DOIS namorados para ser feliz? Sidney parece totalmente satisfeita com apenas um.

Embora, na verdade, algumas vezes eu suspeite que não sou tão feliz assim. Nem mesmo com *dois* namorados.

Eu sei, eu sei. Egoísta, certo? A maioria das garotas morreria por UM namorado, e eu tenho DOIS, e ainda estou reclamando.

É, definitivamente tem algo errado comigo.

Entrei no Gull'n Gulp precisamente na hora em que meu turno estava começando (porque eu consigo beijar e ainda ficar de olho no relógio), e logo estava tão ocupada que não conseguia ter tempo para pensar nessa situação de Seth/Eric... muito menos na coisa toda de Tommy Sullivan, e se ele estava ou não de volta à cidade. Às seis horas, cinco das mesas na minha área estavam ocupadas, incluindo duas de oito lugares — um ônibus de turismo com idosos que vinha subindo a costa. Mal tive tempo de *respirar*. Eu *definitivamente* não tinha tempo para me preocupar com ruivos com belos olhos, barriga sarada e shorts quase caindo que poderiam ou não estar pensando em se vingar de mim pelo mal que lhes fiz no nono ano.

Foi logo antes de eu ir passar os pedidos de bebidas da mesa do ônibus de turismo para Shaniqua (por ser menor de idade, só posso anotar os pedidos, mas não posso servir bebidas alcoólicas, que no Gull'n Gulp são apenas cerveja e vinho) que Jill veio até mim e disse:

— Ah, Katie, aquele cara achou você?

— Que cara? — perguntei.

Já eram sete horas e o lugar estava lotado — e barulhento. Peggy tira as quartas de folga, então tínhamos deixado o som alto na cozinha, e estava difícil ouvir qualquer coisa a não ser, naquele momento em particular, Fall Out Boy.

— O garoto ruivo bonitinho que passou aqui mais cedo para perguntar a que horas você trabalha. Eu disse a ele que você estaria aqui hoje à noite. Quem é, por sinal? Era um gato. Espero que Seth não descubra sobre ele! Iria ficar com ciúmes — disse Jill, percebendo um novo enxame de turistas se aproximar da entrada. — Oops, tenho que ir.

Fiquei lá segurando o pedido com a mão trêmula. Um cara ruivo e gato tinha passado para perguntar a que horas eu trabalho?

Em um segundo eu estava me escondendo atrás do balcão do bar, discando com força os números do Liam no celular.

— Yo!

Essa é a forma inacreditavelmente irritante como Liam atende o telefone agora que foi convidado pessoalmente pelo treinador Hayes a fazer teste para os Quahogs.

— Você disse a Tommy Sullivan que trabalho no Gull'n Gulp? — perguntei.

— Bem, olá, irmãzinha querida — disse Liam numa voz falsa, então soube instantaneamente que uma das Tiffanys ou Brittanys estava por perto. — E como vai você nessa linda noite? Tudo bem, pelo que parece.

— VOCÊ DISSE? — gritei ao telefone.

— Sim — disse Liam com sua voz normal —, qual é o problema?

— Argh! — Eu não podia acreditar. Só podia ser um pesadelo, sério. — Tem alguma coisa que você *não* contou a ele sobre mim, Liam? O tamanho do meu sutiã, por exemplo?

— Hum — disse Liam —, não tendo acesso a essa informação, não, não contei.

Eu estava com tanto ódio que poderia matar meu irmão. Sério.

— Diga apenas uma coisa — falei fechando os olhos enquanto tentava achar paciência. — O Tommy... ele está alto?

Liam parou para pensar na pergunta:

— Mais ou menos tão alto quanto eu — disse ele depois de pensar por alguns segundos.

O que o faria ter por volta de 1,85m. A mesma altura do cara que eu tinha visto na praia.

— O cabelo dele está meio compridinho?

— Sim — disse Liam. — Pode-se dizer que sim.

Eu estava surtando novamente.

— Ele está sarado? Quer dizer, malhado?

— É difícil dizer — disse Liam. — Levando em conta os maços de cigarro que ele tinha enrolados na manga e a jaqueta de couro...

— Cala a boca — disse. — Estou falando sério! Ele estava sarado?

— Eu não gostaria de encontrar com ele em um beco escuro — disse Liam seco. — Vamos dizer assim.

Não consegui me impedir de dizer um palavrão em resposta a essa informação. Liam fez um *tsc tsc* de reprovação.

— Ai, ai — disse ele —, essa é a forma de uma Princesa Quahog em potencial falar?

Furiosa, desliguei o telefone na cara dele antes que pudesse falar algo pior.

Eu não podia acreditar. Tommy Sullivan realmente *estava* de volta à cidade.

E ele realmente *estava* gato agora — um fato que foi confirmado por múltiplas fontes independentes.

E, aparentemente, ele não só sabia onde eu trabalhava, mas quando também.

Isso não era bom. Isso NÃO era bom.

— Katie — perguntou Shaniqua, que apareceu na minha frente parecendo preocupada —, você está bem? Os turistas estão perguntando para onde você foi.

— Tudo bem — disse eu.

Eu tinha que sair dessa. Não podia deixá-lo fazer isso comigo. Tinha que ficar normal. Tinha que ficar fria.

— Sim, desculpa. Preciso de quatro Bud Lights, duas taças de Merlot, três Cabernets e três Pinots.

— Sem problema — disse Shaniqua, ainda parecendo preocupada enquanto passei correndo por ela, de volta ao salão. — Ah, e a mesa do canto está ocupada.

Ah, ótimo. Exatamente o que eu precisava. Seth e seus amigos tinham vindo comer bolinhos de quahog enquanto eu perdia a cabeça pensando na possibilidade de um desagradável encontro com Tommy Sullivan. Será que isso era algum tipo de punição por trair meu namorado? Se era, não era justo. Não é traição se tudo o que você faz é beijar. Certo?

Peguei meia dúzia de cardápios — um gesto ridículo, já que todos os Quahogs na cidade já sabiam o cardápio de cor e não precisavam deles — e fui em direção à mesa do canto, pensando o tempo todo na minha recente maré de azar. Um ônibus de turismo, Tommy Sullivan de volta à cidade, e agora meu namorado e seus amigos ali para acompanhar minha falta de sorte de perto. Excelente.

Só que quando eu cheguei na mesa do canto, Seth e seus amigos não estavam lá. Só tinha uma pessoa.

Uma pessoa com cabelo castanho-avermelhado, um pouco comprido.

Uma pessoa que parecia ser, considerando a forma como estava toda comprimida na cadeira, e como parecia desconfortável, bem alta.

Uma pessoa cujos olhos âmbar, na luz que vinha das luminárias de vidro com temas aquáticos sobre as mesas, tinham se tornado intensamente verde-esmeralda.

Uma pessoa que, 100% de certeza, não era um Quahog, e, por isso, não tinha o direito de se sentar na mesa do canto, o que Jill deveria saber — só que Jill está na faculdade e não sabe nada do Eastport High, e ele obviamente tinha perguntado sobre mim, então ela simplesmente pensou...

Deixei os cardápios caírem. Não foi proposital. Meus dedos pareciam ter ficado dormentes, e os cardápios simplesmente escorregaram das minhas mãos. Sentindo o rosto ficar vermelho de vergonha ao ver Tommy olhar para o chão, onde os cardápios se espalhavam em todas as direções, me abaixei para recolhê-los. Eu não podia nem contar com meu cabelo para esconder o rosto vermelho porque Peggy nos faz prender o cabelo para que não caia na comida.

Não que tivesse feito alguma diferença se meu cabelo estivesse solto, porque, quando saiu da mesa para me ajudar a recolher os cardápios, Tommy teria visto meu rosto brilhante de qualquer forma.

Foi só quando todos os cardápios estavam juntos, depois que eu me levantei e ele voltou para a mesa, que me atrevi a levantar o olhar para encontrar o dele novamente.

E vi que ele estava sorrindo. *Sorrindo*.

— Oi, Katie — disse ele, com a mesma voz grave que usou quando passou por mim e por Sidney na praia. — Quanto tempo!

Cinco

Eu falei a primeira coisa que passou pela minha cabeça.

Bem, não a primeira coisa, porque essa foi um palavrão, e estou tentando com muito afinco não falar palavrões. A não ser para meu irmão.

Eu disse a segunda, que era:

— Você não pode se sentar aí.

E, tudo bem, eu sei que isso soa infantil.

Mas era a verdade.

— O quê? — disse Tommy levantando as sobrancelhas.

— Você não pode se sentar aí — repeti.

Eu sabia que estava parecendo uma criança. Mas não conseguia me segurar. Meu coração estava batendo muito forte e eu me sentia enjoada, como quando esqueço de tomar um Dramin antes de entrar no barco do meu pai.

— Essa mesa é reservada para Quahogs. E você não é um Quahog.

O que podia, quase com certeza, se qualificar como a frase mais idiota do ano.

— Eu sei disso — disse Tommy calmamente com sua nova (bem, provavelmente não tão nova para ele, mas nova para mim) voz grave. — Posso ter ficado longe por um tempo, mas ainda estou familiarizado com os costumes locais. Mas acho que vou ficar aqui de qualquer forma. Sua amiga Jill já me assegurou que todas as outras mesas na sua área estão ocupadas.

Quando disse o nome de Jill, ele deu uma olhada para a entrada do restaurante. Segui seu olhar e vi que Jill estava olhando para nós. Ela levantou a mão e acenou para a gente, animada, como se estivesse me dizendo:

"Olha, fiz um favor para você! Arrumei uma mesa para o seu amigo gato! Pode me agradecer depois."

Tommy sorriu para ela.

Inacreditavelmente, Jill, que é assediada por um zilhão de clientes homens por dia, ficou vermelha e olhou para o outro lado, dando uma risadinha.

Inacreditável.

Bem, ela não sabia. Ela não sabia que estava flertando com *Tommy Sullivan*. Como poderia saber? Ela nem mesmo vivia aqui há quatro anos.

— Tommy — falei olhando de volta para ele.

Eu não podia acreditar que aquilo estava acontecendo. Não podia acreditar que estava realmente *falando* com ele. E no Gull'n Gulp, dentre todos os lugares possíveis.

— Na verdade, agora é só Tom — disse ele com um sorriso.

E de repente me peguei me sentindo como Jill devia ter se sentido quando ele dirigiu aquele sorriso na direção dela um momento antes. Onde quer que tenha estado desde a última vez que o vi, Tommy — quer dizer, Tom — Sullivan aprendeu a sorrir de um modo que causava algum tipo de força eletromagnética secreta ou algo que faz a cartilagem dos joelhos das meninas derreter. Tive que segurar no tampo da mesa para simplesmente não cair.

— Tom, então — disse eu fazendo uma cara séria.

Porque, com Deus como minha testemunha, eu não ia mais deixar Tommy Sullivan usar seu sorriso-vodu em mim.

— Enfim. Você sabe que se Seth Turner e aqueles caras entrarem e o virem aqui na mesa deles, vão dar uma surra em você.

— Eles podem tentar — disse Tommy.

Não como se quisesse se gabar. Mas de maneira realista, totalmente indiferente, quase entediada.

E posso apenas dizer que quando ele disse isso, meus joelhos ficaram ainda *mais* fracos?

Porque, aparentemente, não existe nada mais sexy que um cara que não se assusta com a possibilidade de levar uma surra do seu namorado.

Mas o fato de ser *Tommy Sullivan* me fazendo sentir isso estava me deixando surtada... exatamente como na praia, mais cedo. De repente tive um desejo insano de entrar no mar e afundar a cabeça na água novamente, com ou sem *e. coli*. Eu precisava me acalmar. Precisava ficar sozinha. Precisava ficar debaixo d'água apenas com os peixes e as algas.

Só que eu não podia. Porque estava no trabalho.

— Ninguém se esqueceu do que você fez, Tommy — eu me ouvi falar para ele. — Quero dizer, Tom. Eu sei que foi há quatro anos, mas essa é uma cidade pequena, e os Quahogs ainda são como deuses por aqui, então...

— Uau. Eles finalmente conseguiram entrar na onda, não é?

O tom dele não era de acusação. Ele, na verdade, parecia que estava se divertindo. Seus olhos — ainda verdes como o rabo da sereia de vidro na luminária sobre sua cabeça — estavam sorrindo para mim.

E isso, por alguma razão, só me deixou mais furiosa.

— Eu não sei do que você está falando — disse nervosa.

— Quer dizer, você realmente foi assimilada, não foi? — disse ele, balançando a cabeça. — Eu não acredito que Katie Ellison, de todas as pessoas, é um deles agora. Sempre achei que você fosse mais esperta.

— Não existe essa coisa de *nós* e *eles*, Tommy — informei. — Nunca existiu. Nós todos somos apenas pessoas.

— Certo. — O sorriso nos olhos dele desapareceu e ele não parecia mais divertido. — Foi por isso que fui expulso da cidade. E é por isso que eu não posso me sentar aqui.

Antes que eu pudesse abrir minha boca para protestar — porque NÃO era por aquilo que ele não podia se sentar ali; não podia porque apenas Quahogs (e suas acompanhantes) podiam — ouvi Shaniqua chamar meu nome. Eu me virei e a vi sinalizando para mim das duas mesas grandes. Meus turistas precisavam de atenção.

— Tenho que ir — disse para Tommy. — Mas, sério... você não pode se sentar aqui.

— Tecnicamente — disse Tommy — eu posso. Especialmente levando em consideração que já estou sentado.

— Tommy — balancei a cabeça, sem acreditar que aquilo estava acontecendo —, o que você está fazendo aqui? Sério.

— De verdade? Eu só quero falar com você — disse ele, deixando o tom seco de lado. — E, pelo que seu irmão me falou, esse é o lugar onde tenho mais chance de encontrá-la sem seu namorado... ou devo dizer *seus namorados*?

Eu gelei. De repente tive que me segurar à mesa com mais força do que antes.

Ele sabia. Ele sabia sobre Eric.

Só que... como? Liam não podia ter contado a ele porque Liam não sabe. Eu sei que Liam não sabe porque, se soubesse, já teria gritado comigo por causa disso, porque ele é muito fã do Seth...

Então, como será que Tommy tinha descoberto?

Então caiu a ficha. Primeiro o Iate Clube... agora isso.

— Você está me *espionando*? — perguntei, com um tom ultrajado.

— Espionar implica que você fique se escondendo — disse Tommy calmamente. — Você é quem parece que está fazendo carreira nisso, não eu. Embora provavelmente já saiba que qualquer um que entre com o carro no estacionamento dos fundos tem uma visão perfeitamente clara do que quer que esteja acontecendo entre o gerador de emergência e o bicicletário.

Ah, meu Deus! *Pega no flagra!* Tommy Sullivan me pegou direitinho, no flagra, beijando Eric Fluteley!

Eu tinha certeza de que ia desmaiar. Não que já tivesse desmaiado antes. Mas deve ser assim que as pessoas se sentem — um tipo de calor por todo o corpo, seguido de boca seca. Não é de se estranhar que as pessoas não gostem. Nunca quis tanto ser outra pessoa — ou estar em outro lugar. Como Sidney van der Hoff. Ou debaixo d'água.

— Nós não podemos conversar aqui — me ouvi murmurar.

— Tudo bem — disse ele calmamente. — Aqui não. Onde então?

Boa pergunta. Em qual lugar poderíamos ir onde nem Seth nem qualquer outra pessoa de Eastport pudesse nos ver juntos? Duckpin Lanes estava fora de cogitação, por motivos óbvios. Minha casa? De forma alguma. Nem a casa dos avós de Tommy. E se alguém passasse de carro por ali e nos visse juntos — uma candidata a Princesa Quahog e *Tommy Sullivan?*

Ah, Deus, aquilo era terrível. Eu ia vomitar. Ia. O que ele queria? O que Tommy Sullivan podia querer de mim?

— Que tal o barco do seu pai? — perguntou Tommy.
— Ele ainda tem o barco?

O barco do meu pai? É. Talvez funcionasse. Estava atracado nas docas. Meu pai não podia pagar a mensalidade para deixar o barco no Iate Clube. Ninguém vai até as docas, a não ser homens velhos que gostam de pescar à noite. Ninguém nos veria lá. Ninguém que importasse, de qualquer forma.

— Sim — falei. — Lá nas docas.

— Perfeito — disse Tommy.

E ele realmente saiu da mesa. Eu não podia acreditar, mas parecia que ele ia embora. Ele estava indo embora! Era um milagre!

— Encontro com você lá depois do seu turno. A que horas você sai? Esse lugar fecha às dez nas noites de semana, certo?

Minha felicidade por ele estar saindo durou pouco.

— Es... espera — gaguejei. — Hoje? Você quer que eu me encontre com você no barco do meu pai *hoje à noite*?

— Isso vai ser um problema? — perguntou Tommy.

De pé ele era tão mais alto que eu que precisava levantar meu queixo para conseguir olhar nos olhos dele... que, saindo debaixo da luminária, tinham voltado a ser da cor de âmbar.

— Porque se for, talvez eu possa arrumar tempo para encontrar com você lá amanhã de manhã. Mas, você sabe, na luz do dia, qualquer um pode passar por ali e nos ver...

— Hoje à noite está ótimo — disse eu rapidamente.

— Encontro com você lá assim que sair do trabalho. Um pouco depois das dez horas.

Ele sorriu.

— Não se atrase — falou e os cantos da boca se curvaram para cima.

E então ele estava saindo, parecendo impossivelmente alto e de ombros largos e tão *cool* entre todos aqueles turistas gorduchos de pernas brancas que andavam à nossa volta no caminho para o banheiro, a recepção ou a banquinha de souvenirs do Gull'n Gulp, onde você pode comprar qualquer coisa, desde um casaco de moletom até uma cueca sambacanção, todos enfeitados com as palavras *Gull'n Gulp*.

— Quem é o gato? — perguntou Shaniqua, que veio até mim enquanto eu continuava ali, parada, vendo ele ir embora.

Fechei rapidinho minha boca, que percebi, estivera aberta todo aquele tempo.

— Ninguém — falei.

— Certo — disse Shaniqua com um sorriso diabólico. — Assim como aquele cara de ontem à noite, o que a Peggy disse que viu você beijando atrás do balcão do bar, também não era ninguém?

Então a Peggy não gosta de fofoca, né? Aparentemente fofoca é legal — se for ela fazendo.

— Não como aquele cara — disse eu rapidamente. — Nada como aquele cara. Você ao menos sabe quem era aquele cara?

— O de ontem à noite? Ou esse?

— Esse.

Eu tinha que contar para alguém. Simplesmente tinha. Ia explodir se não contasse.

E quem melhor para contar do que Shaniqua, que nem mesmo cresceu em Eastport e só se mudou há dois anos, de New Hampshire, para poder viver mais perto da cidade, onde está tentando entrar no mercado de modelos?

— Aquele era Tommy Sullivan — disse para Shaniqua, mesmo sabendo que o nome não significaria nada para ela.

Só que eu estava errada. Porque o queixo da Shaniqua caiu.

— O Tommy Sullivan? — perguntou ela com os olhos arregalados.

— Aham.

— Senhorita — disse um dos idosos do ônibus de turismo tentando chamar minha atenção. — Senhorita, nós estamos prontos para fazer o pedido agora.

— Já vou — disse a ele.

Para Shaniqua eu disse:

— Espera... *você* ouviu falar de Tommy Sullivan?

Sério, essa coisa toda ficou MUITO fora de proporção se até mesmo uma aspirante a modelo de New Hampshire tinha ouvido falar de Tommy...

— Se ouvi falar dele? — disse Shaniqua balançando a cabeça. — Como poderia não ter ouvido? Tudo que você tem que fazer é passar de carro pela escola, e lá está, pintado com spray bem na parede do ginásio: TOMMY SULLIVAN É UM...

Eu a interrompi antes que pudesse completar a frase.

— É, eu sei. Eles ainda estão tentando juntar dinheiro para remover a tinta,

— É por isso que ainda está lá? — disse Shaniqua balançando a cabeça. — Eu sempre me perguntei. Eles podiam pintar por cima...

— Não dá para pintar por cima daquele cor de laranja fosforescente — disse eu. — Quer dizer, a não ser que você use preto. Mas essa não é uma das cores da escola.

Shaniqua torceu o nariz:

— Bem, isso é um problema. Ouvi dizer que o ginásio era bem novo quando isso aconteceu. Como alguém pôde ter feito algo tão estúpido?

Encolhi os ombros, de repente me sentindo como se, em vez de estar mergulhando no oceano, o oceano estivesse dentro de mim — frio e vasto e muito, muito solitário.

— Você sabe como crianças podem ser.

— Aquele pobre garoto... — disse Shaniqua, olhando Tommy indo embora, de costas, tão lindo quanto de frente. — O que ele fez para ter algo como aquilo pintado na parede da escola?

— Senhorita! — gritaram os idosos da minha mesa do ônibus de turismo.

— Hum — falei, enquanto ia na direção deles.

Salva pelos turistas. Foi a primeira vez.

— O trabalho chama!

Certo.

Certo, então estou em apuros. Seriamente em apuros. Tommy Sullivan sabe sobre mim e Eric Fluteley. Tommy Sullivan — *Tommy Sullivan*, de todas as pessoas — me viu com Eric Fluteley

E, tudo bem, que se dane, nós estávamos apenas nos beijando. Isso foi tudo que eu já fiz com qualquer cara, incluindo meu namorado sério de quatro anos.

Mas não vai fazer a menor diferença se Tommy resolver espalhar a notícia por aí. As pessoas não vão ligar. Eu ainda vou ser a menina que traiu um Quahog. Não apenas qualquer Quahog, mas Seth Turner, o irmão de Jake Turner, o mais amado Quahog de todos os tempos... exatamente o mesmo Quahog cuja carreira promissora foi encurtada tão brutalmente por ninguém menos que...

...Tommy Sullivan.

— Katie, espero que não tenha tido problema colocar aquele cara na mesa do canto — disse Jill enquanto levava um casal de meia-idade para uma mesa perto da água. — Perguntei a ele se era um Quahog e ele disse que era.

Tive que rir daquilo — mesmo que com sarcasmo. Quer dizer, Tommy pode estar aqui para arruinar minha vida e se vingar de mim por ter arruinado a dele...

...mas pelo menos ainda tem senso de humor.

— Não, Jill — disse eu. — Não muito.

— Sério? — disse Jill embasbacada — Mas ele é tão gato. Eu simplesmente achei... ele me disse que estudava em Eastport.

O quê? Ótimo. É bom saber que não sou a única mentirosa na cidade, para variar.

— Jill — falei —, aquele cara se mudou daqui há quatro anos.

— Uau! — disse Jill. — Bem, não vou sentá-lo na mesa VIP novamente se algum dia ele voltar.

Espera... o que eu estava fazendo?

— Ah, não — falei. — Se ele voltar, você pode *com certeza* sentá-lo na mesa VIP.

Porque se Seth e aqueles caras o pegarem lá, eles vão dar uma surra nele, e meus problemas estarão resolvidos...

Não. Isso é simplesmente errado. Não posso contar com meu namorado para me livrar dessa. Eu me meti nisso, e ia ter que me livrar sozinha.

O que significava, antes de tudo, ligar para Seth o mais rápido possível e dizer a ele que não venha me encontrar depois do trabalho para os nossos amassos habituais antes de eu ir para casa.

— Tem certeza, baby? — disse Seth, parecendo preocupado.

E por que ele não estaria, depois de eu lhe dizer que o motivo de não encontrá-lo era que eu achava que tinha me contaminado com um caso leve de *e. coli*?

— Tenho — disse ao telefone, tentando soar como alguém sofrendo com um bacilo no sangue. — Não quero que você pegue de mim.

Só que *e. coli* só pode ser contraído por comida ou água contaminadas. Mas Seth não é exatamente um gênio em biologia como eu. O que não quer dizer que seja burro. Seus talentos simplesmente estão em outras áreas que não a acadêmica.

— Então vamos esquecer hoje à noite — disse eu.

Estava agachada atrás do balcão do bar, para que Kevin, o subgerente — que, como todos os subgerentes, é ainda mais tirano do que Peggy, a gerente —, não me pegasse no telefone fora do intervalo.

— Devo estar melhor amanhã.

— Mesmo? — disse Seth um pouquinho mais feliz.

— Eu pensei que *e. coli* fosse, tipo, supersério. Pensei que você tivesse que ir para o hospital por causa disso e tudo mais.

— Ah, não — falei —, não o tipo de 24 horas.

Tá, que se dane. Não sou a única mentirosa da cidade. Mas sou definitivamente a maior. Sério, será que já existiu alguém mais mentiroso que eu na história de Eastport?

Pelo menos eu me sentia mal por causa disso. Não senti nenhum traço de remorso no Tommy quando mentiu para a Jill, dizendo que estudava na Eastport High. Enquanto isso, eu realmente sempre me sinto horrível quando minto para o Seth.

Quinze minutos depois de sair do Gulp de bicicleta, cheguei à marina e olhei para o estacionamento quase vazio com os mastros dos barcos aparecendo ao fundo. Fiquei ali parada, naquela noite calma, observando os insetos que voavam atraídos pela luz branca do farol da minha bicicleta e escutando o barulho da água batendo. Era difícil imaginar qual carro era o de Tommy. Eu só conseguia ver alguns caminhões velhos — mas esses pareciam pertencer aos velhos com suas varas de pescar debaixo da ponte, onde as percas costumavam se agrupar à noite, segundo os rumores.

Tinha um Jeep Wrangler vermelho, mas aquele parecia ser um carro *cool* demais para Tommy Sullivan. Tinha que ser de algum turista que havia deixado seu iate na marina para consertar, tirar cracas ou algo parecido.

Mas fui pedalando na direção do píer e não vi nenhum iate, só os barcos de pesca de costume que pertenciam aos pescadores locais. A lancha de motor duplo do meu pai com a capota marrom — que ele queria trocar havia anos e estava agora um tanto rasgada e desbotada — balançava com as ondas no fim do píer.

E lá estava, dava para ver iluminado pela lua crescente e as lâmpadas ao longo da marina alguém confortavelmente deitado na proa.

Alguém que com certeza não era meu pai.

Eu senti algo quando o vi. Nem sei o quê. Era como uma bola de fogo de emoções dentro de mim, incluindo — mas não limitadas a — raiva, remorso, culpa e indignação

A maior parte da raiva era direcionada a mim mesma Porque enquanto eu pedalava na direção do barco — bicicletas não são permitidas no píer; mas enfim, não tinha ninguém por perto para me impedir — e vi o quão confortável Tommy estava, deitado, olhando para as estrelas, não conseguia me segurar e não pensar em como ele estava gato com aquela camiseta preta apertada e aquele jeans desbotado que parecia marcar cada contorno do seu corpo forte.

E esse não é o tipo de pensamento que uma garota que tem um namorado deve ter sobre outro cara. Muito menos uma garota com *dois* namorados.

Muito menos pensamentos sobre *Tommy Sullivan*.

Ah, sim. Eu estava numa encrenca *séria*.

Seis

— Ei! — disse Tommy quando finalmente me notou no píer olhando para ele, recostando-se sobre os cotovelos. — Suba a bordo.

— De jeito nenhum — disse eu.

Ele riu. Não de uma forma malvada, no entanto. Mas como se tivesse achado genuinamente engraçado.

— Certo — disse ele, sentando-se e balançando as pernas na proa, em frente à porta da cabine de baixo. — Esqueci o quanto você odeia barcos. Até mesmo aqueles que estão ancorados. Ainda fica enjoada?

— Só me diz o que você quer — falei apertando com força o guidão da bicicleta e tentando manter a voz firme — para eu poder ir embora logo.

— Nã-não — disse ele sacudindo depressa a cabeça. — Tome um daqueles remédios que você sempre carrega e entre no barco — falou com um sorriso que mesmo sob a luz da lua dava para ver que era amargo. — Você não vai sair dessa *tão* fácil.

Eu senti uma lufada de raiva tão pura e intensa que quase me derrubou da bicicleta dentro d'água. Algo com que eu não teria me importado, na verdade. Qualquer coisa para me distrair do fato de que Tommy Sullivan estava um gato.

E eu não podia acreditar que estava pensando nisso. Quer dizer, aquele cara estava praticamente me chantageando para me associar a ele, e eu *ainda* o achava um gato?

Tem alguma coisa errada comigo. Sério.

Pelo menos eu não era a única pessoa que tinha alguma coisa que estava errada.

Porque tem que haver algo errado com alguém que se lembra de um fato banal como eu nunca ir a lugar nenhum sem Dramin (do tipo que não dá sono) na minha bolsa.

E, verdade, é duro viver numa cidade litorânea quando você sofre de enjoos crônicos em barcos. Não consigo nem botar os pés no *Run Aground* — um barco-restaurante tão firmemente ancorado ao píer que mal se move, e que serve um café da manhã incrivelmente popular entre pessoas como a minha mãe, que ama qualquer coisa bonitinha e relacionada com o mar — sem pensar que eu vou vomitar.

Mas como Tommy Sullivan conseguia se lembrar disso depois de todos esses anos?

Fazendo cara feia, desci da minha bicicleta, abaixei o descanso, tirei o capacete, procurei na mochila — onde eu tinha colocado meu biquíni ainda molhado da praia, minha maquiagem e essas coisas — e achei uma das pequenas pílulas amarelas que eu costumava carregar para todo lado desde os 12 anos. Eu a engoli sem nem mesmo pensar em pegar a garrafa de água que também tinha na bolsa. Quando já tomou tantos remédios para enjoo como eu, não precisa mais de líquidos para engoli-los.

Então, ainda de cara feia, subi no barco do meu pai — anos de prática (todo mundo em Eastport tem um pai que pesca) me deixaram craque em subir e descer de barcos — e senti meu estômago embrulhar, como sempre acontecia quando o chão se movia um pouco sob meus pés. Demora um tempo para o Dramin fazer efeito.

— Certo — disse eu, largando a bolsa e o capacete no chão do barco, e então me sentando no banco em frente ao que Tommy estava sentado.

Eu estava tentando manter uma postura muito profissional. Porque era isso que era. Um encontro de negócios. Tommy Sullivan queria algo. E eu ia fazer o possível para providenciar o que quer que fosse para que ele não me dedurasse para o meu namorado sobre o outro namorado.

— Estou aqui. Agora, o que você quer?

— Eu disse a você — disse Tommy olhando para mim de cima do seu poleiro na proa. — Só quero conversar.

— Conversar — repeti duvidando.

— Conversar — repetiu ele. — Você lembra, não lembra, que a gente costumava conversar um bocado.

— Isso foi há muito tempo.

Descobri que não era muito fácil olhar diretamente para ele — apesar de essa ser uma parte importante de manter uma postura profissional. Sei disso porque ocasionalmente folheio a publicação preferida dos meus pais, *Revista Imobiliária*, e é o que eles dizem.

Mas a *Revista Imobiliária* nunca publicou nenhum artigo sobre como você deve manter contato visual com um cara cuja íris muda de cor por causa da luz, e que ainda por cima fica tão bem de jeans que todos os pensamentos sobre seu(s) namorado(s) fogem só de vê-lo.

Seth Turner, disse com firmeza a mim mesma. *Você é a namorada de Seth Turner, o garoto mais popular de toda Eastport depois do irmão mais velho dele. Seth Turner, o cara por quem você era apaixonada durante todo o primário, e que você ficou tão feliz de beijar no último ano antes do ensino médio, quando ele finalmente a notou. E, tudo bem, talvez ele tenha se tornado uma pessoa sem graça para se conversar, mas você não quer terminar com ele, porque o que as pessoas iriam pensar? Já é ruim o suficiente você o estar traindo com Eric Fluteley. Não piore ainda mais as coisas.*

Só que, bem, o luar meio que realçava os contornos do rosto de Tommy, fazendo-o parecer ainda mais bonito e misterioso do que na praia, quando eu não sabia ainda quem ele era.

E o barulho da água batendo contra o casco do barco era muito romântico.

Deus, o que há de errado comigo? Sou pior do que Ado Annie, a garota no musical *Oklahoma!*, que se deixa levar tanto por qualquer cara que não consegue dizer não.

Não, espera. Eu não sou tão ruim quanto ela. Eu *sempre* digo não...

Menos para beijar.

E Tommy Sullivan parecia muito divertido de se beijar...

Ah, Deus.

— Então, Liam me disse que você está concorrendo a Princesa Quahog — disse Tommy, casualmente interrompendo meus pensamentos sobre beijá-lo.

Princesa Quahog! Sim! Concentre-se nisso. Qualquer coisa menos a boca de Tommy Sullivan.

— Sim — falei —, estou.

Então, porque eu me lembrei, muito claramente, de ter feito piadas com Princesas Quahog quando Tommy e eu costumávamos andar juntos, acrescentei depressa:

— O dinheiro é realmente muito bom. São 1.500 dólares para o primeiro lugar. Que a Sidney vai ganhar, claro, mas eu tenho uma chance de ficar em segundo. As únicas candidatas são Morgan Castle, e você sabe que ela mal fala. E também tem a Jenna Hicks...

Minha voz sumiu. Eu não queria falar nada de ruim sobre Jenna, que provavelmente é uma pessoa muito legal. Ela só nunca fala com ninguém, então é difícil perceber isso.

Eu não precisava ter me preocupado. Tommy falou por mim. Ele sempre soube como dizer o que eu estava pensando mas não queria revelar, por medo de parecer má e me tornar tão impopular quanto ele sempre foi.

— Jenna ainda veste só preto? — quis saber Tommy.

— Ainda — disse eu.

Eu não podia acreditar que ele se lembrava. Quer dizer, uma coisa era se lembrar de mim e do Dramin, considerando o quanto Tommy e eu costumávamos andar juntos. Mas era outra bem diferente se lembrar de Jenna Hicks, com quem tenho quase certeza que Tommy nunca andou. Quer dizer, mesmo Jenna, uma ninguém como ela sempre foi, considerava Tommy ainda mais ninguém do que ela.

— A mãe a está obrigando a participar. Eu acho que ela pensa que a Jenna vai fazer novos amigos, ou algo assim. Alguns que não se interessem por, você sabe... Morte.

Não que estivesse adiantando.

— Ainda assim — acrescentei — o segundo lugar ganha mil dólares.

Tommy assobiou:

— É uma grana.

— É no que eu estou pensando. Quero muito comprar a nova Leica digital...

— Ainda na coisa da fotografia — disse ele.

Não foi uma pergunta.

— Sim — falei, tentando afastar uma repentina enxurrada de memórias de todos os tempos quando ele e eu fizemos matérias juntos para o *Eastport Middle School Eagle*, ele escrevendo as matérias e eu fotografando.

E rezando fervorosamente o tempo todo para Sidney não descobrir o quanto eu realmente gostava de estar com alguém tão impopular quanto Tommy. Provavelmente seria melhor, nessas circunstâncias, não pensar nisso.

Ainda assim, não resisti e perguntei, porque estava curiosa:

— E você? Ainda escrevendo?

— Você está olhando para o ex-editor chefe — disse ele — do jornal semanal da Academia Militar Hoyt Hall, *The Masthead*.

— Não pode ser! — gritei, esquecendo como era esquisito, a minha animação por causa dele... editor chefe, isso é grande. — Que maravilhoso, Tommy! Editor chefe?

Então eu pensei em algo e meu sorriso foi se apagando.

— Espera, você disse *ex*-editor chefe?

Ele balançou a cabeça positivamente.

— Eu saí. Apareceu coisa melhor.

— O que poderia ser melhor que editor chefe? — perguntei, realmente tentando imaginar.

Então, porque tinha acabado de cair a ficha, eu gritei:

— Espera... *academia militar*?

Ele encolheu os ombros novamente.

— Nada demais.

Então — acho que por causa da minha expressão, que ainda era de descrença — ele acrescentou:

— Eu não odiava o colégio, Katie. Quer dizer, não era como nos filmes. Para começar não era só para meninos. Graças a Deus.

Eu pisquei. Tinha esquecido, naqueles poucos momentos, tudo sobre odiá-lo. Em vez disso, eu apenas me sentia muito, muito mal.

Embora fosse discutível por quem eu me sentia pior — por ele ou por mim.

— Ah, Tommy — falei. — Foi para *lá* que você foi depois daqui? Escola *militar*?

— Eu *quis* — garantiu ele com um sorriso. — Achei que podia ser útil aprender um pouco de defesa pessoal. Depois do que aconteceu aqui, e tudo mais, antes de eu ir embora.

Então era isso que ele quis dizer quando disse, no restaurante, *eles podem tentar.*

E por que ele estava tão sarado.

— Estou surpresa de você ter voltado, de qualquer forma — disse olhando fixamente para os meus sapatos... meus Pumas, porque é difícil ficar a noite inteira de pé de sandálias. — Quer dizer... você só pode odiar isso aqui.

— Eastport? — disse Tommy parecendo surpreso. — Não odeio Eastport. Eu adoro Eastport.

— Como pode dizer isso? — perguntei, olhando para cima surpresa. — Depois do que aqueles caras fizeram com você?

— Você pode adorar um lugar e ao mesmo tempo odiar algumas coisas nele — disse Tommy. — Devia saber disso.

Eu olhei para ele:

— Do que está falando?

— Bem, olhe para você. Está concorrendo a Princesa Quahog, mas você não suporta quahogs.

Eu engasguei — apesar de secretamente estar aliviada por ele estar se referindo apenas ao meu ódio por quahogs, os mariscos.

— Não odeio mais quahogs — menti, rapidamente me levantando.

— Ah, tá — disse Tommy com uma risada sarcástica. — Você não tocaria num quahog com uma vara de três metros! Você sempre disse que eles têm gosto de borracha.

— É que leva um tempo pra conseguir gostar deles — menti um pouco mais, chateada porque ele estava certo... quahogs realmente têm gosto de borracha para mim. Eu não entendo como alguém consegue suportá-los, muito menos fazer uma festa da cidade em homenagem a eles.

— E eu finalmente consegui — menti ainda mais.

Sério, é incrível a quantidade de mentiras seguidas que consigo inventar quando estou motivada da maneira certa.

— Claro que você conseguiu — disse Tommy com sarcasmo, descruzando os braços, e me fazendo ver, com esse gesto, como suas mãos ficaram grandes desde que eu o tinha visto pela última vez. Nossas mãos eram exatamente do mesmo tamanho.

Agora as dele pareciam ser capazes de engolir as minhas por inteiro.

Desviei meu olhar das mãos dele com esforço — imaginando, enquanto o fazia, por que eu não conseguia parar de pensar em como seria a sensação de ter aquelas mãos grandes tocando minha cintura, se Tommy Sullivan resolvesse esticar os braços na minha direção, me agarrar, me puxar para ele e começar a me beijar...

Não que ele tivesse dado alguma indicação de que beijos estivessem em seus planos. É só que, com a luz da lua e o som da água e o fato de ele ter ficado tão gato e o fato de eu basicamente ser viciada em beijar, era meio difícil não pensar nisso.

Tommy aparentemente não estava tendo nenhum problema em resistir a esse tipo de pensamento. Pelo menos foi o que transpareceu com sua pergunta seguinte.

— Então... Seth Turner. Acho que finalmente deu certo para vocês, também.

Eu sabia o que ele queria dizer. Sabia *exatamente* o que ele queria dizer. Porque Tommy tinha sido uma das poucas pessoas para quem eu revelei o segredo da minha queda por Seth, ainda na sexta série. Eu tinha imaginado que contar para Tommy fosse seguro o suficiente, considerando que ele não tinha outros amigos além de mim. Então para quem ele ia contar?

— Sim — disse de modo inocente. Aonde ele queria chegar com aquilo?

— Ele também deve ser algo de que você aprendeu a gostar — observou Tommy.

— Você não o conhece — falei, levando minha mão à cabeça para ajeitar uma mecha de cabelo, porque Sidney e eu lemos na *Glamour* que garotos gostam de meninas que brincam com os cabelos.

Embora o que eu estava fazendo, tentando fazer com que Tommy Sullivan gostasse de mim (você sabe, *daquela* forma), eu não conseguiria explicar nem em um milhão de anos.

— Tá bom, tá bom — disse Tommy, que parecia não ter notado meu truque de mexer no cabelo.

Eu sei! Eu com certeza estava flertando com Tommy Sullivan! *Tommy Sullivan*, a pessoa mais odiada de toda Eastport.

Mas eu não conseguia me segurar.

— As coisas mudaram desde que fui embora — continuou Tommy. — Especialmente você.

— Ah — disse eu, desconfortavelmente ciente de quão errado ele estava —, eu não estou tão diferente assim.

— Talvez não por dentro — disse Tommy —, mas e por fora? Você passou por todo aquele velho clichê da lagarta que vira borboleta.

Isso foi meio engraçado, vindo de quem vinha.

— Eu só tirei o aparelho — falei — e fiz luzes, e aprendi a arrumar meu cabelo.

— Não seja modesta — disse Tommy quase como se estivesse impaciente comigo —, e não é só a sua aparência. Você parece ter se livrado milagrosamente do estigma de ter andado comigo tanto tempo atrás. Na verdade, pelo que eu pude observar, você é uma das pessoas mais queridas e mais populares da cidade.

— Depois de Sidney — ressaltei, observando que os olhos dele, na luz da lua, não pareciam ser nem verdes nem cor de âmbar, mas quase prateados.

Também percebi que seus lábios eram másculos e pareciam fortes.

Quem imaginaria que o Tommy Sullivan magrinho iria crescer e ter lábios tão bonitos? Eu não imaginava. Isso com certeza.

— Sidney sempre foi popular — concordou Tommy —, mas não tão universalmente querida como você parece ser. Você tem o pacote completo: bonita, amigável, trabalhadora, simpática com os mais velhos...

Fiquei imaginando como ele poderia saber disso, mas depois me lembrei dos turistas.

— ...talentosa, melhor aluna da sala... agora que eu não estou mais por perto para competir com você. Filha de dois moradores locais muito queridos, irmã de um futuro Quahog. Na verdade, a não ser pela sua aparente inabilidade para se contentar com apenas um cara de cada vez, você se transformou na candidata ideal a Princesa Quahog.

Eu tinha me deixado levar, escutando todas aquelas coisas boas que ele estava dizendo sobre mim, que meio que me inclinei na direção dele e me deixei à disposição para ele me agarrar... imaginando que a qualquer momento ele fosse passar os braços em volta da minha cintura e começar a me beijar.

Mas quando ele chegou à parte sobre minha inabilidade de me contentar com apenas um cara de cada vez, olhei para ele e gritei:

— Ei! Isso não é justo! Não posso fazer nada se os caras se sentem atraídos por mim.

— Você na verdade pode fazer alguma coisa. Dar uns amassos com eles atrás de geradores de emergência — ressaltou Tommy num tom seco.

Eu fechei a cara.

— Não sei o que quer de mim, Tommy — disse irritada —, mas eu não vou ficar aqui nem mais um segundo se você for apenas me insultar.

E eu me virei para ir embora.

E exatamente como eu esperava que ele fosse fazer, ele esticou o braço e me segurou, bem acima do cotovelo, puxando-me de volta para perto dele.

— Não tão rápido — disse ele com uma risada —, ainda não acabei de falar com você.

— Ah, você acabou, com certeza — falei com certeza na voz, olhando para ele por entre meus cílios (outra dica da *Glamour*) — tudo que você fez desde que voltou à cidade foi me espionar para depois ficar me insultando na minha cara. É melhor que não tenha voltado aqui para escrever uma matéria-denúncia sobre Eastport ou algo assim, Tommy, ou eu juro que vou...

— Vai fazer o quê? — perguntou ele, ainda parecendo se divertir. — Vai me largar como uma batata quente e fingir que nunca me conheceu, muito menos que ia para a minha casa depois da escola para estudarmos juntos e comermos os cookies de manteiga de amendoim que minha mãe fazia? Ah, espera, você já fez isso.

Mas eu não me importava com o que ele dizia. Porque ele ainda estava segurando meu braço. Sua mão era tão grande que os dedos e o dedão quase se juntavam em volta do meu braço.

E, agora que eu estava tão perto dele, dava para sentir o aroma suave de sua loção pós-barba.

É difícil ficar chateada com um cara que cheira tão bem.

— Bem — falei com uma voz um pouco mais calorosa —, se você não está escrevendo uma matéria-denúncia horrível sobre Eastport, o que quer comigo, então?

— Eu só queria dizer uma coisa — disse Tommy olhando nos meus olhos.

Mas, em vez de me beijar, o que eu estava começando a pensar que ele faria, ele disse:

— Eu me matriculei na Eastport High. Vou começar lá nesse outono.

Sete

— O QUÊ?

Soltei meu braço da mão dele.

— Espere um minuto... quando você disse *ex*-editor chefe você queria dizer que... Tommy, você está de volta a Eastport *permanentemente*?

— Sim — disse ele com calma.

— Era a isso que Jill se referia — falei, começando a andar de um lado para o outro no barco do meu pai (9 metros da proa à popa) — quando disse a ela que estudava em Eastport High. Porque você *vai* estudar em Eastport High!

— Eu me matriculei na semana passada — disse Tommy num tom indiferente.

— Tommy!

Aquilo era horrível. Era terrível. A pior coisa que eu tinha ouvido na vida.

— Você... você não pode fazer isso.

— Hum, me desculpe, Katie, mas, sim, eu posso. E um país livre.

— Não é isso que eu quero dizer. — Senti o peito apertado.

— Se está chateada porque minha presença vai fazer você perder a posição de melhor da turma — disse Tommy suavemente —, acho que posso entender sua reação. Mas eu nunca soube que você era *tão* competitiva...

— Não é isso! — gritei.

Porque eu não tinha nem sequer pensado nisso. Era verdade que Tommy e eu sempre competimos pelo primeiro lugar da sala — especialmente em literatura — e que desde que ele foi embora mantive a posição com facilidade, nem tanto por ser mais inteligente que meus colegas (da forma como eu sempre suspeitei que Tommy era), mas porque eu sou uma das únicas pessoas na minha série que realmente estuda. Porque eu meio que gosto disso... um fato que meus amigos aceitam, mas não entendem muito bem.

— O que eu quero dizer — continuei — é que *eles vão matar você.*

— Pensei que não existisse *nós* ou *eles* — ressaltou Tommy. — Pensei que todos fôssemos apenas seres humanos. Ou não foi isso que você me falou hoje mais cedo?

— *Tommy!*

Eu não podia acreditar que ele estava usando minhas próprias palavras contra mim. E mais, que estava fazendo disso uma piada.

— Isso é sério! Você não entende? Isso é... isso é...

Eu não conseguia pensar em uma palavra forte o suficiente para explicar o que sentia sobre aquele assunto. Ele é o escritor, no fim das contas, não eu. Finalmente me contentei com:

— Tommy, isso é *suicídio*!

— Sua fé — disse Tommy, descendo da proa e se levantando até ficar do seu tamanho real — na minha habilidade em me proteger dos seus amigos é realmente emocionante, Katie.

Eu olhei para ele. Não conseguia acreditar que ele pudesse ser tão... tão... gato.

E tão burro.

O que tinha acontecido com ele? Tommy Sullivan nunca foi burro.

Mas, eu acho que as pessoas *realmente* mudam. Tommy Sullivan nunca foi gato também. E agora olha só para ele.

O que era, na verdade, um dos problemas. Eu não conseguia *parar* de olhar para ele.

Bem, chega, decidi. Eu o encarei, levantando meu queixo para olhar bem nos seus olhos.

— Não estou brincando, Tommy — falei. — Se acha que alguém esqueceu o que você fez, está seriamente enganado.

— Não — disse Tommy, tenso. — Dá para ver que eles ainda nem se preocuparam em apagar meu nome da parede do ginásio...

Ah, meu Deus. Será que *todo mundo* ia mencionar isso hoje?

— Porque a remoção da tinta não está no orçamento...

— Não — interrompeu Tommy de modo decidido. — Porque eles querem que as pessoas se lembrem. Isso é um aviso para qualquer um que possa querer se meter com os todo-poderosos Quahogs...

— Shh! — fiz eu, para ele calar a boca, olhando em volta para ter certeza de que os pescadores debaixo da ponte não o tinham ouvido.

— Olhe para você — disse Tommy com uma risada. — Tem medo até de dizer qualquer coisa negativa sobre eles em voz alta.

— Não tenho — insisti. — É só que você sabe como as pessoas aqui são em relação aos Quahogs.

Eu não consegui evitar soltar um grunhido frustrado.

— Tommy, por que você tem sempre que andar por aí *antagonizando* todo mundo? Você não sabe que se vai muito mais longe na vida sendo amigável?

— Essa é uma forma engraçada de se falar — disse Tommy com uma risada.

Eu olhei para ele com suspeita:

— O que você quer dizer?

— Bem, o que você chama de ser amigável, eu chamo de mentir. Como o fato de você ainda fingir que ama seu namorado, mesmo que esteja claramente tão de saco cheio dele que está ficando com outro cara.

Tomei fôlego para negar isso, mas ele continuou:

— Mas imagino que você ache que iria *antagonizar* muitas pessoas se fizesse a coisa certa e simplesmente terminasse com ele.

— Isso... — comecei a gritar, mas ele me cortou.

— O negócio é que dizer a *verdade* pode antagonizar muita gente. Mas estou disposto a correr esse risco. Ao contrário de algumas pessoas.

— Mas existem algumas coisas que as pessoas não PRECISAM saber — gritei.

Eu não conseguia acreditar que depois daquele tempo todo ele ainda não tinha percebido isso.

— Como o fato de dois dos seus principais jogadores e mais um monte de seus colegas de time terem colado nas provas de admissão para a universidade? — perguntou Tommy, indo direto ao assunto.

E lá estava.

Ele falou. Não eu.

Era impressionante. Toda a dor e a ansiedade daquele dia há quatro anos voltaram imediatamente, como se nem um segundo tivesse se passado desde então. De repente, eu tinha 13 anos novamente, com meu aparelho e com um caso sério de cabelo armado (eu ainda não tinha conhecido Marty ou aprendido sobre produtos e formas de ajeitar meu cabelo), implorando a Tommy que não fizesse o que ele estava tão disposto e determinado a fazer, independentemente de quais fossem as consequências.

E as consequências acabaram por ser muito mais severas do que mesmo eu poderia ter previsto — para nós dois.

— Falei para você não publicar aquela história — tentei lembrá-lo quatro anos depois do ocorrido.

— Sim — disse Tommy encostando novamente na porta da cabine e cruzando os braços sobre o peitoral (um ato que fez com que seus bíceps impressionantemente redondos inchassem um pouco... uma visão que me fez olhar para outro lado, já que me deixava um pouco sem ar) —, você falou.

— Não porque eu pensasse que era errado aqueles caras serem pegos pelo que estavam fazendo — continuei, tentando fazê-lo entender algo que, há quatro anos, eu mesma não tinha conseguido entender muito bem —, mas ainda não consigo entender por que VOCÊ tinha que ser a pessoa a denunciá-los. Você poderia ter contado diretamente para o editor chefe do *Gazette*. Ele teria publicado a matéria. O sr. Gatch nunca foi amiguinho do treinador Hayes, como o editor de esportes.

A expressão de Tommy, na luz da lua, só poderia ser descrita como incrédula.

— Era *minha* história, Katie — disse ele. — Eu queria escrevê-la.

— Mas *por quê*? — perguntei. — Se você sabia exatamente como as pessoas iriam reagir?

— Você sabe por quê — disse ele. — Você sabe como eu me sentia sobre esportes... e sobre os Quahogs, especificamente.

— Certo. E é por isso que eu não entendo por que...

— Porque o que eles fizeram era errado, Katie — explicou Tommy pacientemente, como se eu tivesse 13 anos. — Eles estavam arruinando o time. Quer dizer, quem aqueles caras estavam prejudicando com o que eles fizeram? Outros alunos, essas são as pessoas. Alunos que estavam fazendo as provas naquele dia e não estavam colando, alunos que realmente estudaram. E, tudo bem, eu não era um desses alunos porque eu não ia tentar entrar na faculdade na sétima série. Mas ainda assim. O que eles fizeram foi errado. E não foi como se eu não tivesse dado a eles a chance de se entregarem antes de eu publicar a matéria.

— Ah, tá — falei entediada —, como se eles fossem fazer isso. Bolsas de estudo estavam em jogo, Tommy. Além disso, eles não achavam que você teria coragem de realmente fazer o que fez.

— *Bolsas de estudo?* — riu Tommy, sarcástico. — É, foi com isso que todo mundo ficou tão chateado. Porque eles perderam a chance de ter bolsas de estudo decentes. Qual é, Katie. Ninguém ligava para o futuro daqueles caras. A única coisa que importava para todo mundo nessa cidade estúpida era uma coisa, uma única coisa: o campeonato estadual.

— Do qual eles tiveram que desistir — lembrei a ele.

— Como bem deveriam — disse Tommy, firme. — Eles eram um bando de desonestos. Não mereciam jogar.

— Tommy — disse eu balançando a cabeça, ainda sem acreditar que, depois de todo aquele tempo, ele não conseguisse ver a magnitude do que tinha feito —, eles eram *Quahogs*. Eu *disse* a você para não publicar aquele artigo. Eu *falei* que as pessoas não iam gostar...

Ele levantou uma das mãos fazendo um sinal para interromper o fluxo das minhas palavras.

— Não se preocupe, eu escutei você da primeira vez. E eu não a culpo, Katie, por escolher se livrar de mim naquela época. Você fez o que tinha que fazer para sobreviver. Esse é o território dos Quahogs. Eu entendo isso.

Ele não sabia. Eu não podia acreditar, mas era verdade. Tommy Sullivan não tinha ideia de *como* eu consegui sair fora daquela areia movediça de impopularidade na qual tinha medo de afundar por causa da proximidade com ele depois que a história saiu no *Eagle*. Ou o que eu tinha feito para convencer meus amigos — e, mais importante, Seth Turner — de que Tommy e eu estávamos longe de ser amigos.

Ele não poderia saber, ou teria que ter falado alguma coisa.

Então é claro que ele não me culpava.

Será que ele fazia ideia de quantas noites eu passei em claro, me culpando pelo que eu tinha feito... ou *não tinha feito*, para ser mais precisa?

Bem, eu não ia dizer isso a ele. Quer dizer, é verdade que eu sou uma mentirosa, e que, sim, eu sou louca por garotos — uma combinação mortal, na maioria das vezes.

Mas não sou burra.

— Se você sabe disso — disse eu —, então por que diabos quer voltar para cá, Tommy?

Ele sorriu. Foi um sorriso bom... o tipo de sorriso que eu me lembro de ver em seu rosto quando nós dois fazíamos aulas de literatura avançada... mas ainda estávamos na quinta série.

— Isso é um segredo só meu — disse ele ainda sorrindo —, mas você pode descobrir. Talvez.

Eu o olhei. Não gostei de como aquilo soou. Não gostei nem um pouco de como aquilo soou.

— Você não pode pensar — falei, tentando pela última vez convencê-lo do quão idiota estava sendo, porque, na verdade, eu não tinha certeza de que seria capaz de aguentar se aquele rosto lindo ficasse todo deformado — que vai simplesmente entrar todo feliz na Eastport High na semana que vem e ser recebido de braços abertos.

— Ah, eu não sei — disse Tommy despreocupado —, todos os caras com quem me desentendi já saíram há muito tempo.

— Mas os irmãos deles não saíram — lembrei-o. — Como Seth.

— Você realmente acha que Seth se lembra de como tudo aconteceu? — perguntou Tommy.

— É *claro* que ele se lembra, Tommy.

— Eu não teria tanta certeza — disse Tommy. — Será que eu sou a única pessoa que se lembra que Seth Turner achava que árvores soltavam ar frio, porque quando você ficava na sombra era mais fresco que no sol?

Fiquei toda vermelha de vergonha. É verdade que Seth não é o cara mais brilhante que eu conheço, mas...

— Isso foi no sexto ano! — gritei.

— Exatamente — disse Tommy. — No sexto ano, você e eu sabíamos direitinho que o ar era frio por causa das frentes frias vindas do Canadá. Seth, Sidney e o resto deles? Não sabiam muito bem. Mas acho que você sempre soube disso. Eles sempre foram seus amigos. Embora eu tenha que dizer que acho que o coitado e idiota do Seth merece um tratamento melhor. Porque, sério, Katie. *Eric Fluteley?* Aquele cara não é melhor que o restante deles.

— Ah, como se você fosse muito diferente — gritei fazendo drama.

Porque eu sabia perfeitamente bem que Tommy estava certo. Eu estava me aproveitando da natureza crédula e inocente de Seth. E me sentia podre por causa disso. De verdade.

— Andando por aí *espionando* as pessoas...

— Observando o mundo à minha volta — corrigiu Tommy. — Isso é o que um bom jornalista faz. Então... eu devo deduzir da sua reação a isso tudo que você vai ser uma das pessoas a me ignorar nos corredores da Eastport High na semana que vem?

Estreitei os olhos e o encarei.

— Isso depende. Você vai me tratar da mesma forma que tratou Jake Turner e aqueles caras, e deixar *eu* ser a pessoa que vai contar para Seth sobre Eric e eu, antes que você faça isso?

— Katie — disse ele olhando para mim e parecendo ofendido —, eu sou um dedo-duro, é verdade. Mas só quando é para o bem comum. O fato de você ficar com Eric Fluteley escondida de seu namorado não prejudica ninguém a não ser seu namorado, e possivelmente Eric. O problema é todo seu.

Quase desmaiei de alívio.

— Ah, que bom.

Eu estava prestes a dizer a ele que não, claro que eu não seria uma das pessoas a ignorá-lo nos corredores da

Eastport High na semana seguinte... que eu faria tudo que estivesse a meu alcance para ajudá-lo a tentar se enturmar... quando ele continuou, como se eu não tivesse dito nada.

— É claro que eu imagino que você talvez queira se perguntar *por que* parece não se satisfazer com apenas um cara. Ou mesmo com dois, se todas essas mexidas no cabelo e esses olhares para mim significam o que eu acho que significam.

Eu engasguei, completamente chocada. Não. De jeito *nenhum*. Será que ele tinha acabado de... acabado de insinuar... mais que insinuar, atestar na minha cara... que eu estava *flertando* com ele?

Fui ficando vermelha como uma beterraba — de raiva, pensei comigo mesma. Não foi por vergonha. Porque eu não tinha flertado com ele. Eu *não* tinha flertado... não muito. Dei um passo para trás, para longe dele, preparando-me para voltar para o píer, para longe de Tommy Sullivan e daqueles seus olhos que mudam de cor o tempo todo. Isso era para provar como eu NÃO estava interessada em flertar com Tommy Sullivan. Não podia acreditar que ele ainda tinha tido a cara de pau de mencionar que eu pudesse estar fazendo isso.

Bem, eu ia mostrar a ele. Ia sair do barco do meu pai sem nem mais uma palavra. E sobre não ignorá-lo na semana seguinte nos corredores da Eastport High, bem, de jeito nenhum eu ia dar a ele a satisfação de ser amigável. Se ele era o tipo de pessoa que confunde ser amigável com intenções românticas...

Só que no primeiro passo que eu dei para me afastar dele meu pé esbarrou em meu capacete, eu acabei perdendo completamente o equilíbrio e teria caído de bunda no chão do barco do meu pai...

...se antes Tommy não tivesse esticado os braços e me segurado.

Foi apenas natural eu ter jogado meus braços em volta do pescoço dele. Não que eu tenha achado que ele fosse me deixar cair — parecia ter a situação bastante sob controle — mas, você sabe. Prevenir nunca é demais.

Quanto tempo ficamos daquele jeito — nossos braços em volta um do outro sob a luz da lua, com o som da água batendo acariciando nossos ouvidos e nos olhando fixamente nos olhos — eu provavelmente nunca vou saber. Tempo suficiente para ficar com a cabeça bastante leve — embora isso pudesse ter sido efeito do Dramin.

E essa é a única explicação que eu consigo dar para meus olhos terem começado a se fechar e minha boca ter começado a chegar mais e mais perto da de Tommy, até que ele repentinamente quebrou o silêncio, sussurrando com o hálito quente contra meu rosto:

— Katie.

— Hummmm? — perguntei com os cílios tremulando.

— Acha que eu vou beijar você ou algo assim?

— Ah, *Tommy* — suspirei e fechei os olhos antecipando um beijo intenso e de aquecer a alma.

Só que depois disso eu só me lembro de Tommy Sullivan me soltando.

Sério.

Ele não me deixou cair em nada. É só que num minuto eu estava quase deitada nos braços dele e no seguinte estava completamente na vertical, novamente sobre meus pés.

Enquanto eu piscava para ele, confusa, Tommy disse com um sorriso maroto:

— Acho que você já beijou o bastante para um dia, Katie. Vamos lá. Deixa eu te levar para casa.

Obviamente, considerei isso um insulto. Sem contar que fiquei sem reação. O que havia de *errado* comigo?

Eu não tinha outra opção, claro, a não ser recusar a oferta de carona. Mesmo se não estivesse com minha bicicleta, provavelmente teria ido *a pé* até em casa, em vez de andar num carro com um cretino como Tommy Sullivan.

Só que era muito difícil continuar pensando nele como um cretino quando ele insistiu em ir me seguindo de carro — o Jeep Wrangler, acabei descobrindo — para se assegurar de que eu chegaria em casa inteira. Porque ele disse que, mesmo com as luzes e o capacete, não achava seguro eu andar de bicicleta no escuro com todos aqueles motoristas bêbados que são pegos todas as noites no posto de polícia.

E isso — tudo bem, eu admito — foi totalmente fofo da parte dele. Seth nunca me segue quando estou de bicicleta para ter certeza de que cheguei bem em casa. E ele é meu *namorado*, não meu inimigo mortal.

Mas então Tommy teve que estragar os sentimentos carinhosos que eu talvez pudesse estar nutrindo por ele ao fingir sussurrar meu nome quando eu estava na grama molhada de orvalho a meio caminho da porta da frente, depois de estacionar minha bicicleta.

Eu não queria me virar. Eu não queria falar com ele — muito menos vê-lo — outra vez.

Mas foi legal da parte dele me seguir até em casa.

E — bem, que se dane. Ele tem mesmo uma boca totalmente linda.

Então eu parei e me virei.

— O que foi? — perguntei com a voz menos amigável possível.

— Vai ter tempo de sobra para beijar depois. .

Ele teve a cara de pau de me assegurar disso, com uma voz que deixava claro que ele estava fazendo tudo que podia para não cair na gargalhada.

Eu estava com tanta raiva que quase joguei a bolsa na cabeça dele, com o biquíni molhado e tudo.

— Eu não beijaria você — informei de modo ácido, nem mesmo me importando se a sra. Hall, nossa vizinha fofoqueira da casa ao lado, poderia me ouvir — nem que fosse o último cara na Terra!

Mas Tommy não se sentiu nem um pouco insultado. Ele apenas riu e saiu com o carro.

E foi definitivamente um riso diabólico do tipo *muá ha ha*, e não do tipo *ha ha*.

Oito

— Querida, você está se sentindo bem? — quis saber minha mãe, enfiando a cabeça no meu quarto antes de sair para o trabalho na manhã seguinte.

— Sim — falei um tanto surpresa.

Não é normal meus pais perguntarem sobre minha saúde, que é ótima, tirando a coisa dos enjoos. Normalmente eles ficam mais preocupados com Liam, que tende a ter contusões relacionadas a esportes.

— Por quê?

— Bem, querida — disse minha mãe —, são quase nove horas da manhã e você geralmente está acordada e fora de casa a essa altura. Você tem que admitir, estar na cama a essa hora é um comportamento muito estranho para você.

— Desculpa, eu estava apenas... pensando.

Que minha vida estava oficialmente acabada.

— Sem o seu iPod? — disse minha mãe sorrindo.

Porque eu não consigo pensar — muito menos fazer o dever de casa — sem escutar música. De preferência rock e bem alto.

— Meu Deus, deve ser algo sério. Você nem está ao telefone com a Sidney.

— É — disse eu —, bem, isso não é algo sobre o que eu realmente possa falar com a Sidney.

— Ah — disse minha mãe —, entendi. E o Seth?

Ah, céus. Eu balancei a cabeça rapidamente.

— Não. Não mesmo.

— Bem — disse ela.

Dava para ver que ela estava totalmente hesitante — fazer o trabalho de mãe e mexer onde provavelmente ia preferir não ter mexido e se arriscar a chegar atrasada para o trabalho? Ou apenas dizer *Tenha um bom dia* e sair? Ela pareceu ter se lembrado de um livro de autoajuda e falou:

— Sabe que sempre pode falar comigo, não sabe, Katie? É algo que tenha a ver com... — e falou mais baixo, ainda que Liam já estivesse lá fora com meu pai, jogando bola antes de meu pai sair para o trabalho, e não pudesse ouvir — garotos?

— Pode-se dizer que sim — disse, sofrendo. — Um garoto, na verdade.

— É o Seth? — perguntou minha mãe, já sem o sorriso e parecendo preocupada. — Katie, ele está fazendo pressão para que você...

— Ah, Deus, mãe — grunhi alto, percebendo com atraso aonde ela queria chegar —, não estou fazendo sexo com Seth. Ou com quem quer que seja, para sua informação. Eu nem mesmo *gosto* de Seth o suficiente para...

Ah, Deus. Coloquei o travesseiro sobre meu rosto. Eu não podia acreditar que tinha dito aquilo. É claro que eu gostava do Seth. Eu *amava* o Seth.

É só que... bem, Tommy meio que tinha razão: se eu amava Seth tanto assim, o que diabos estava fazendo lá fora atrás do gerador de emergência com Eric Fluteley todos os dias?

Céus. Tommy tem razão. Eu provavelmente tenho algum tipo de inabilidade psicológica para ficar com um cara de cada vez.

Mas por que eu *deveria*, quando nenhum dos dois caras com quem ando dando uns amassos é completamente... bem, *certo* para mim?

— Se não é Seth — disse minha mãe curiosa —, quem é então? Você disse que tinha a ver com um garoto.

Tirei o travesseiro de cima do rosto e fiquei olhando fixamente para o teto sobre minha cama.

— Se eu contar — falei — você não vai acreditar.

— Tenta — disse minha mãe se apoiando no portal.

Olhei para ela:

— Tommy Sullivan está de volta à cidade.

Ela piscou uma vez. Depois outra vez. Então disse:

— Ah.

Seus lábios ficaram abertos mesmo depois do som ter saído.

— É — disse eu, colocando novamente o travesseiro sobre meu rosto.

— Bem, querida — minha mãe disse depois de um tempo —, isso foi há muito tempo. Muita água já rolou desde então. Tenho certeza de que ninguém ainda guarda rancor de todas aquelas coisas de quatro anos atrás.

— Hum — disse eu embaixo do travesseiro —, meu namorado guarda.

— Ah — disse minha mãe novamente. — Bem. Sim, mas... quer dizer, no fim das contas *foi* errado Jake ter colado. Com certeza até mesmo os Turner...

— Jake e os pais dele, assim como Seth, o treinador Hayes e o resto dos Quahogs do passado e do presente, ainda insistem que tudo foi uma conspiração para forçá-los a desistir do campeonato estadual — disse eu, ainda embaixo do travesseiro.

— Querida, tira essa coisa do seu rosto. Eu não consigo ouvir uma palavra do que você está falando.

Eu tirei o travesseiro do rosto.

— Sabe o que mais? — disse eu. — Deixa para lá. Esquece que eu toquei nesse assunto.

— Agora, Katie, seja justa — disse minha mãe olhando para o relógio —, eu quero falar disso. Realmente quero. Mas vai ter que ser mais tarde. Seu pai e eu temos que mostrar uma casa. Mas eu quero saber mais sobre esse caso do Tommy. Vou estar de volta no fim da tarde...

— Não se preocupe com isso — disse eu. — Estou bem.

— Katie, querida, não...

— Sério, mãe — insisti. — Está tudo bem. Esquece que eu toquei nesse assunto.

Minha mãe olhou para o relógio novamente, então deu uma rápida mordida no lábio inferior, mesmo eu já tendo dito a ela milhões de vezes para não fazer isso, porque assim ela acaba estragando o batom.

— Tudo bem — disse ela —, mas nós falamos sobre isso no jantar, mais tarde...

— Não posso — disse eu —, tenho o ensaio para o concurso de Princesa Quahog, depois do Gulp.

— Ah, Katie. Você não pode reduzir sua carga de trabalho um pouco? Tenho a sensação de que mal vi você esse verão.

— Quando a escola começar — disse, torcendo para viver até lá. — Eu já tive até que abrir mão dos meus turnos nesse fim de semana por causa do concurso.

— Ah, mas querida...

— Preciso do dinheiro — insisti.

Ela revirou os olhos.

— A forma como você é com dinheiro... O que você faz com ele afinal?

Oops. Sim. Essa é outra mentira com a qual tenho vivido, junto com todas as outras. Veja, eu não posso contar aos meus pais o que eu realmente vou comprar com o dinheiro que eu ganhei no verão no Gulp.

Isso porque eles me deram uma câmera no Natal. E se eles soubessem que estou guardando o dinheiro para uma câmera nova, ficariam ofendidos e diriam algo como: "O que tem de errado com a câmera que nós lhe demos de Natal?"

A verdade é que tecnicamente não tem nada errado com a câmera que meus pais me deram de Natal. É só que ela não é uma câmera profissional. Como vou tirar fotos profissionais se eu não tenho uma câmera adequada?

Mas não quero magoá-los. Eles não têm culpa de não terem noção dessas coisas.

— Você tinha que ver as novas jaquetas de veludo lindas da coleção de outono da Nanette Lepore — falei.

E isso não era nem mesmo uma mentira. Sidney me contou que a Nanette Lepore tem jaquetas de veludo totalmente lindas para o outono.

Só que não estou muito interessada em comprar uma.

Mamãe revirou os olhos novamente — o que era irônico, vindo de uma mulher que tem cinco pares de Manolo Blahniks que custam quinhentos dólares o par.

— Certo. Bem, nos falamos amanhã de manhã então — disse minha mãe, desistindo. — Até mais. Tenha um bom dia.

Ela fechou a porta do meu quarto novamente, depois de me lançar mais uma última olhada curiosa. Acho que dava para ela perceber. Quer dizer, que eu não era exatamente eu mesma.

Tenha um bom dia. Haha. Certo. Sim, eu ia ter um bom dia, com certeza. Quer dizer, o que poderia dar errado? Vamos ver: Tommy Sullivan, degredado da turma de quem eu fui amiga e a quem traí cruelmente quatro anos antes (apesar de ele não parecer saber disso), está de volta à cidade, e não só está ciente de que eu o acho gato agora, mas também me pegou traindo meu namorado, que acontece de ser o irmão mais novo do cara cuja vida Tommy arruinou quando contou para todos que ele tinha colado nas provas, em uma matéria-denúncia num jornal de escola...

Ah, sim. Nenhum problema. Tudo vai ficar *bem*.

Eu. Estou. Tão. Ferrada.

Especialmente quanto àquela primeira parte: sobre Tommy não parecer saber que o traí.

Eu não tenho tanta certeza de que seja verdade.

Algo me diz que Tommy pode de fato saber perfeitamente bem o que eu fiz.

E talvez seja por isso que ele esteja de volta a Eastport.

Porque, e se a razão de Tommy estar de volta for vingança?

E eu consegui mostrar a ele a forma perfeita de se vingar, numa bandeja brilhante: tudo o que ele tem que fazer é contar a Seth o que viu atrás do gerador de emergência do Gull'n Gulp, e minha vida estará acabada.

Porque quando Seth me colocar contra a parede, não vou ser capaz de mentir. Consigo mentir para o Seth sobre ter *e. coli*. Consigo mentir para o Seth e dizer a ele que o amo, quando a verdade é que não tenho muita certeza disso (porque se eu realmente o amasse, o que eu estaria fazendo com Eric?).

Mas não consigo mentir — na cara do Seth — sobre o que Tommy viu.

O negócio é que eu nem posso dizer que o culpo. Tommy, eu quero dizer. Por querer igualar o placar. Algumas vezes, não consigo acreditar no que fiz com ele. Ele tem todo o direito de me odiar.

E ainda assim, ontem à noite, quando estive em seus braços, eu podia ter jurado...

Mas obviamente eu estava enganada. Especialmente quando descobri que o tempo todo ele estava rindo de mim.

A risada diabólica de Tommy ainda soava nos meus ouvidos quando desci as escadas, um pouco depois da conversa com minha mãe. Liam, percebi, tinha saído. Provavelmente tinha aproveitado uma carona para a ACM com meus pais. Ele estava inclinado e determinado a ganhar massa muscular antes do teste para os Quahogs. Nunca tinha visto alguém tão empolgado com algo quanto Liam com aquele teste estúpido.

Depois de comer uma barra de cereais como café da manhã, tirei minha bicicleta da garagem, pus o capacete e tentei dizer a mim mesma que estava sendo ridícula. Tommy Sullivan não estava de volta a Eastport para se vingar de mim. Porque se estivesse, não teria me avisado. Certo? Não teria me contado que me viu com Eric Fluteley atrás do gerador de emergência. Ele teria apenas tirado uma foto de nós dois juntos e mandado para Seth por e-mail.

Ou talvez para toda a escola.

Ah, Deus. Eu estou frita.

Foi difícil aproveitar a ida até a cidade naquele dia. Porque, sério, como ele pôde? Como ele *pôde* ter se aproveitado de mim daquele jeito, me pegando nos braços daquele jeito, e *rindo* em vez de me beijar? Eu não sou nenhuma Sidney van der Hoff, é verdade. Minha mãe não é uma ex-modelo, e Rick Stamford não se apaixonou por mim à primeira vista no primeiro dia de aula no nosso primeiro ano (só para me dar um pé na bunda três anos depois).

Mas ainda assim. Nenhum cara *nunca* riu em vez de me beijar.

Tirando Tommy Sullivan.

Com quem havia obviamente algo muito, muito errado. Quer dizer, além da parte de ter nascido Tommy Sullivan.

Confortada com esse pensamento, uma vez na cidade, parei num bicicletário — feito para parecer um antigo posto de carona — do lado de fora do Eastport Old Towne Photo e entrei na loja decorada com tijolos vermelhos.

O sr. Bird estava lá, como sempre, não muito feliz de me ver.

— Você novamente — disse ele, ranzinza, porque ranzinza é como ele é.

— Oi, sr. Bird — falei tirando meu capacete. — Posso vê-la?

— Você vai fazer um pagamento? — quis saber o sr. Bird, ainda soando ranzinza.

— Pode apostar — eu disse, abrindo a mochila e pegando minha carteira. — Tenho mais cinquenta bem aqui. Ah, e eu preciso pegar minhas fotos da semana passada.

O sr. Bird suspirou, então saiu do caixa e foi para os fundos da loja. Alguns segundos depois veio carregando um envelope de impressões fotográficas e uma câmera.

Minha câmera. Aquela que eu estava pagando aos poucos desde sempre.

— Aqui — disse o sr. Bird, seco, colocando o envelope e a câmera na bancada de vidro à minha frente.

Peguei minha câmera — ou a câmera que será minha um dia — com muito cuidado e a examinei. A Digilux 2 da Leica ainda parecia tão linda quanto no dia em que chegou à loja do sr. Bird, só esperando a oportunidade de que chegasse alguém que pudesse apreciar sua lente maravilhosa, sua fabricação meticulosa e seus materiais de primeira classe.

Alguém como eu.

— Olá, bebê — disse eu para a câmera. — Não se preocupe, mamãe não se esqueceu de você.

— Por favor — disse o sr. Bird cansado —, não converse com a câmera a não ser que esteja pensando em pagar tudo hoje.

— Hoje não — disse eu com um suspiro.

Então coloquei a câmera de volta no vidro e depois abri o envelope que ele tinha trazido.

— O que você achou? — perguntei, enquanto olhava as ampliações que ele tinha feito.

— Desista do pôr do sol e das gaivotas paradas no píer — disse ele meio de saco cheio — e pode ser que consiga chegar a algum lugar.

— Você está de brincadeira?

Peguei uma fotografia da qual eu estava particularmente orgulhosa, a foto de um pelicano sentado na proa de um barco, limpando as penas.

— Isso vale ouro.

— *Isso* — disse o sr. Bird apontando para a foto atrás daquela, que era uma foto que eu tinha tirado só de brincadeira, de Shaniqua e Jill comendo um bolinho de quahog numa hora da tarde em que não tinha ninguém no restaurante, quando Peggy saíra para fazer o depósito da tarde no banco — vale ouro.

— Eu concordo — disse uma voz grave de homem atrás de mim.

E eu não pude evitar soltar um grunhido.

Nove

— Isso — falei, soando quase tão ranzinza quanto o sr. Bird quando me virei e vi quem estava de pé atrás de mim — já é demais.

— O quê? — perguntou Tommy de modo inocente.

Ele tinha tirado as fotos do envelope na minha frente e estava dando uma olhada rápida nelas.

— Ele está certo. Você tem um olho ótimo para capturar pessoas. Pelicanos? Nem tanto.

— É o que eu tenho dito a ela há anos — concordou o sr. Bird. — Qualquer idiota consegue tirar uma foto de um pelicano. Depois vende como cartão-postal por 25 centavos. Grande coisa.

— Enquanto *isso* — disse Tommy, pegando a foto que eu tinha tirado de Liam e meu pai jogando bola no gramado, a expressão do meu pai concentrado, Liam parecendo um pouco assustado — conta uma história de verdade.

— Você está me seguindo? — perguntei, pegando minhas fotos de volta das mãos de Tommy e olhando feio para ele.

O que não foi fácil. Olhar feio para ele, eu quero dizer. Porque ele estava mais bonito hoje do que na noite anterior, mesmo que estivesse na cara que ele não tinha se esforçado muito para se vestir. Usava apenas uma bermuda larga, chinelos e uma camiseta justa da Billabong.

O que era ainda mais irritante por ser essencialmente o que eu estava vestindo, só que minha bermuda não era larga.

E a roupa caía muito melhor nele do que em mim.

— Uau — disse Tommy —, você costumava aceitar críticas à sua arte. O que aconteceu?

— Você não é mais meu editor — disse zangada, colocando minhas fotos de volta no envelope que o sr. Bird me dera. — Agora, sério. Você está tão desesperado por companhia feminina que seu único recurso é seguir as pessoas?

— O quê? Eu não posso fazer compras no centro de Eastport se você estiver num raio de dez quilômetros, ou algo assim? — perguntou Tommy, mais achando graça do que se sentindo ofendido.

— Tá bom — disse eu com sarcasmo. — Você não está me seguindo. Você apenas acabou entrando na Eastport Old Towne Photo porque precisava de filme.

— Hum, não — disse Tommy. — Notei sua bicicleta parada do lado de fora. Estava na farmácia ao lado buscando uma encomenda para a minha avó.

E levantou uma sacola plástica branca que realmente tinha uma receita e uma garrafa dentro.

— Acha que não tenho nada melhor para fazer — peguntou ele — do que perseguir você?

— Bem, o que eu devo pensar? — perguntei com raiva. — Você aparece onde eu trabalho, você aparece aqui... — Eu olhei para o Sr. Bird: — Você acha que isso constitui assédio?

O sr. Bird encolheu os ombros de uma forma ranzinza:

— O que eu sei sobre isso? Tudo que quero são meus 27 dólares pelas impressões, e o que quer que você vá pagar hoje pela Digilux.

Ainda vermelha — o que esse cara tem que eu não consigo deixar de ficar vermelha quando ele está por perto? —, enfiei a mão na mochila e tirei minha carteira, contei 27 dólares para pagar as fotos e botei uma nota de cinquenta por cima.

— Aqui — falei para o sr. Bird. — Como estão as contas da Leica?

O sr. Bird pegou seu caderninho (ele é um dos únicos comerciantes no centro histórico que ainda não informatizou seu negócio, ou mesmo aprendeu a usar um computador), olhou minha página e calculou com cuidado meu novo total.

— Quatrocentos e vinte e oito dólares e sete centavos.

Tommy assobiou:

— Quatrocentos contos — disse ele — por uma *câmera*?

— Na verdade, é uma câmera de 2 mil dólares — disse o sr. Bird, acrescentando, quase como se ele estivesse me defendendo (mas, lembrando que se tratava do sr. Bird, eu sabia que isso não era possível). — Ela já pagou quase mil e seiscentos dólares disso.

Tommy balançou a cabeça.

— Não me admira que você esteja concorrendo a Princesa Quahog — disse ele para mim, quase que com pena.

Algo na forma com que ele me olhava fez *mais* sangue correr para meu rosto. Era quase como — eu não sei — se ele estivesse com dó de mim, ou algo assim.

O que é ridículo, porque se tem alguém no universo de quem Tommy Sullivan devia ter pena, esse alguém é Tommy Sullivan.

— Obrigada, sr. Bird — disse eu, jogando minhas fotos e minha carteira dentro da mochila, fechando-a. — Vejo o senhor na semana que vem.

Então me dirigi à saída, ignorando Tommy, que foi andando atrás de mim.

Mas foi só quando ele se aproximou de onde eu estava tirando a tranca da minha bicicleta, presa em um cano de ferro trabalhado, que eu perdi a cabeça:

— Sério, Tommy — disse, me levantando de onde estava agachada para colocar a combinação na tranca.

— Agora é Tom — disse ele calmamente.

Ele tinha colocado óculos Ray-Ban, então não dava para ver de que cor seus olhos estavam hoje. Mas eu senti que estavam cor de âmbar.

— Tom. Enfim — disse eu —, *o que você quer de mim?*

Ele não parecia nem um pouco preocupado com a pergunta. Nem se deu ao trabalho de respondê-la.

— Para que são aquelas fotos? Essas que você acabou de pegar?

— Eu... eu não sei.

A pergunta me pegou de surpresa. Nós não estávamos falando sobre mim. Estávamos falando sobre ele. E como ele é esquisito. *Ainda é.*

— Você está querendo se vingar de mim por não ter andado mais com você depois que o escândalo da cola explodiu? É isso?

— Então, vai fazer uma exposição? — quis saber Tommy. — Uma exposição de fotografias? Como seu talento para o concurso?

Eu continuei olhando para ele:

— Uma exposição? Do que você está falando? Não, eu não vou fazer uma exposição como meu talento. Você é louco? Você ao menos escutou o que eu falei antes? O que eu deveria fazer, Tommy? Você era um pária social.

Ele ignorou minha pergunta sobre sua saúde mental. E também a parte sobre ser um pária.

— Por que não? — perguntou ele, aparentemente se referindo a eu não fazer uma exposição de fotografias. — Você devia. Essas fotos são realmente boas, Katie. Bem, as que têm pessoas.

Certo. Agora aquilo já estava muito esquisito. Ele estava me dando dicas para o *concurso?*

— Primeiro de tudo — disse eu, abaixando para tirar a trava da roda da bicicleta —, desde quando você sabe alguma coisa sobre fotografia? E segundo, você tem que fazer uma *performance* num concurso de beleza. Você tem que cantar, ou dançar, ou algo assim.

As sobrancelhas de Tommy se levantaram:

— Espera... você vai cantar?

Eu olhei para ele. Não acredito que lembrava que eu sou totalmente desafinada.

Não. Espera. Acredito sim. É fácil imaginar que Tommy Sullivan vá se lembrar de toda coisa *negativa* que possa saber a meu respeito.

— Não — disse eu. — Vou tocar piano.

Ele levantou as sobrancelhas ainda mais:

— Ah céus. Que não seja "I've got rhythm".

Eu não conseguia acreditar. De verdade. Eu não podia *acreditar* que ele lembrava.

— O quê? — perguntei. — Eu melhorei muito desde a sétima série, para sua informação.

— Nunca entendi a sua obsessão com essa música — disse Tommy sacudindo a cabeça. — Principalmente porque você não tem nenhum.

— Nenhum o quê? — perguntei.

— Ritmo — disse ele.

— Eu tenho sim!

Agora eu *realmente* não conseguia acreditar.

— Meu Deus, Tommy! E só para você saber, eu *não* queria que você me beijasse ontem à noite, certo? Eu já tenho um namorado.

— Dois — lembrou ele.

— Exatamente. O que quer que você pense que estava acontecendo ontem à noite... bem, não estava. Era tudo sua imaginação. Quer dizer, não fique se achando.

— E lá vem um deles agora — disse Tommy.

— Um de quê?

— Dos seus namorados.

Segui o olhar dele, e quase engasguei com minha própria saliva. Eric Fluteley estava parando bem ao nosso lado na BMW conversível do pai.

— Katie — disse ele, quando parou o carro ao nosso lado —, aí está você. Eu te liguei a manhã toda. Seu telefone não está ligado?

Eu disse meu palavrão preferido (dentro da minha cabeça, claro, porque princesas Quahog não falam palavrões), e procurei dentro da bolsa. Meu telefone estava desligado. Como de costume.

— Desculpe — falei, apertando o botão POWER. — Eu esqueci.

— Foi o que pensei — disse Eric com um sorriso amigável para Tommy, como se dissesse: *ela não é uma graça?*

Estava claro que ele não tinha ideia de quem Tommy era, apesar de nós três termos estudado juntos em muitas matérias no Ensino Fundamental.

— Eu queria saber se você vai estar livre mais tarde. Estou com dificuldade para escolher qual daquelas fotos que você tirou devo usar para minhas inscrições na faculdade, e estava torcendo para que você pudesse passar lá em casa e me ajudar a escolher.

E esse era o código de Eric Fluteley para *passa lá em casa para a gente dar uns amassos enquanto meus pais não estão em casa.*

— Hum — falei sem paciência.

Porque tudo o que eu estava fazendo era dar mais munição para Tommy usar contra mim. Apesar de ele não saber do código de Eric Fluteley. Mesmo assim, imaginei que ele não teria nenhum problema em perceber, pelo simples fato de que as inscrições para as faculdades ainda levariam meses para começar.

— Eu não posso hoje, Eric. Tenho o ensaio para Princesa Quahog.

— Ah, é, verdade — disse Eric, rindo de uma maneira muito falsa. — Como pude esquecer? Acho que vejo você lá então. Morgan Castle me pediu para ser acompanhante dela, você sabe.

— Sei — disse seca.

Sério, ele estava gostando um pouco demais desse joguinho de deixar-Katie-com-ciúmes-andando-com-Morgan-Castle.

— Mas você vai estar no Gulp mais tarde, não vai? — perguntou Eric numa voz mais do que casual.

— Hum...

Eu não podia acreditar que aquilo estava acontecendo. Que o cara com quem eu estava traindo meu namorado estava tentando marcar um encontro para mais traição... bem na frente de Tommy Sullivan. E ele nem ao menos sabia disso.

— Sim. Mas. Hum...

Para meu espanto, Tommy Sullivan veio me socorrer:

— Esse é o Z4? — perguntou ele a Eric, apontando para o carro que Eric estava dirigindo.

— Hã — disse Eric olhando para ele — é sim. É do meu pai. Ei... eu não conheço você de algum lugar, cara? Você parece familiar.

E antes que eu pudesse impedi-lo, Tommy estava debruçado na janela do carro de Eric com a mão direita estendida.

— Claro que você me conhece, Eric. Tom Sullivan.

Eu fechei os olhos. Fechei porque tinha certeza absoluta de que um buraco gigante tinha acabado de se abrir debaixo dos meus pés, e que eu estava prestes a ser sugada para dentro dele.

Porque Eric Fluteley simplesmente tem a maior boca de toda a cidade (bem, sem contar a da Sidney). A única razão por que ele não contou a todos em Eastport sobre nossas atividades extracurriculares atrás do gerador de emergência foi por que eu disse a ele que se contasse, teria que pagar um fotógrafo profissional para tirar suas fotos. E poderia custar milhares de dólares.

Mas quando abri meus olhos novamente um segundo depois, vi que não havia nenhum buraco gigante sob meus pés... apenas a calçada da rua principal de Eastport, com Eric Fluteley na sua BMW e Tommy Sullivan de pé bem ao meu lado.

— *Tommy?* — disse Eric, abaixando os óculos escuros para olhar melhor para o cara que o estava cumprimentando. — *Sullivan?*

— É Tom agora, na verdade — disse Tommy, parecendo surpreso com o jeito estupefato de Eric. — Mas sim. Sou eu mesmo.

— Car... — Eric disse uma das palavras que eu, como candidata a Princesa Quahog, me proibi de usar. — O que você está fazendo de volta à cidade, cara?

— Ele vai estudar na Eastport High no outono — disse eu rapidamente, antes que Tommy pudesse dar a informação.

— Sério?

Os cantos da boca de Eric se contorceram. Dava para ver que ele estava gostando muito daquilo. Eric, sempre preocupado apenas com ele mesmo, não tem nenhum tipo de sentimento quanto aos Quahogs, nem bons nem ruins. Para ele, toda essa coisa de futebol americano é uma loucura que tira a atenção das pessoas sobre ele.

— Bem, se as coisas ficarem complicadas e você precisar de uma mão, é só falar. Fiz aulas de autodefesa esse verão na ACM, para ajudar nas minhas técnicas de luta no palco.

Sério. Algumas vezes eu fico imaginando por que eu sequer deixo ele me beijar.

Embora, pelo menos, quando nos beijamos ele não consiga falar nada, porque a língua está ocupada de outra forma.

— Hum, acho que vou ficar bem — disse Tommy, obviamente tentando não rir.

Porque a ideia de Eric Fluteley brigando com alguém é simplesmente absurda. Ele ficaria com tanto medo de machucar seu belo rostinho que não serviria para nada.

— Bem, você é um cara mais corajoso que eu. Não posso negar — disse Eric com uma risada genuína.

Um PT Cruiser parou atrás da BMW de Eric e, como ele não estava se movendo, começou a buzinar. Eric olhou para trás e disse:

— É melhor eu ir. Vejo você no ensaio, Katie. Bom te ver novamente, Tommy. Boa sorte. Você vai precisar.

— Obrigado — disse Tommy, enquanto Eric saía com o carro, ainda sorrindo.

Assim que ele saiu do alcance do som, Tommy se virou para mim e perguntou:

— Sério: você realmente *gosta* desse cara?

— Ele aprecia minhas habilidades com a câmera — insisti —, o que é mais do que eu posso dizer sobre um monte de gente nessa cidade, que não saberia diferenciar uma foto de paisagem de um close-up.

— Tenho minhas dúvidas se são suas habilidades com a *câmera* que ele mais aprecia — disse Tommy seco.

Olhando feio para ele, coloquei meu capacete e, subindo no selim, disse da maneira mais natural que uma pessoa sentada à bicicleta poderia:

— Para sua informação, não sou esse tipo de garota. Eu não sei o que você pensa que viu atrás do gerador de emergência, mas foram apenas beijos. Algo que você não vai nem ao menos experimentar comigo, por sinal.

— Você fala muito sobre me beijar para alguém que diz não estar realmente interessada no assunto — disse Tommy, parecendo se divertir horrores. — Quem desdenha quer comprar.

Furiosa, virei minha bicicleta para ir na direção oposta. Eu queria começar a pedalar para longe dele sem falar mais nenhuma palavra. Mas algo me fez virar e perguntar com raiva:

— Tommy, apenas me diga o que você está fazendo de volta aqui. É porque quer vingança?

Depois disso, é claro, eu podia ter partido. Porque o que ele iria falar? *Sim, Katie, eu estou aqui para me vingar por aquilo que você fez que você não sabe que eu sei que você fez mas que eu sei, e eu vou fazer você sofrer por isso?*

É claro que ele não ia admitir. Porque assim eu começaria a tomar medidas para me precaver.

Então não foi surpresa ele se fazer de desentendido. Levantando ambas as sobrancelhas e dizendo:

— Me vingar? De quem? E por quê?

Mas pelo menos dessa vez eu consegui manter minha boca calada, e ao invés de dizer "você sabe por quê" apenas saí pedalando. O que exigiu muito autocontrole, considerando o que eu queria fazer, que era convidá-lo para ir dar uns amassos atrás do gerador de emergência do lado de fora do Gull'n Gulp mais tarde.

Eu sei. Só preciso desistir dos homens de uma vez por todas. Será que episcopais podem ir para o convento?

Eastport leva seu festival anual do quahog muito a sério. O festival traz milhares de turistas e, com isso, milhões de dólares de receita. Aprendi com minha experiência no ramo dos serviços culinários que as pessoas botam na boca praticamente qualquer coisa que tenha sido passada numa massa fina e fritada em bastante óleo quente (como bolinhos de quahog).

E aparentemente elas compram quase qualquer coisa que tenha um farol ou gaivotas pintados nela. Melhor ainda se tiver as palavras *Festival do Quahog de Eastport* impresso (viseiras, canecas, camisetas, até calcinhas).

Porque onde mais você vai encontrar um festival do quahog? (Existe um em Rhode Island, na verdade. Mas ninguém em Eastport gosta quando você menciona isso.)

Para o festival, a prefeitura interdita a área do Eastport Park, que fica em frente ao fórum, no dia anterior ao começo da comemoração, para que se comece a montar as mesas onde a comida vai ser servida durante o Sabor de Eastport, e as barraquinhas que vão vender souvenirs de quahogs, cerveja e outros itens.

Mas outra coisa boa de se andar de bicicleta é que dá para fugir de praticamente qualquer barreira para tráfego de carros. E foi isso o que eu fiz para chegar até o fim do parque, onde foi montado um palco temporário em frente a uma enorme tenda branca (que estava lá para as participantes do concurso de beleza trocarem de roupa antes de entrar no palco), onde iria acontecer o concurso de Princesa Quahog.

Eu estava muito adiantada para o ensaio, claro. Outra coisa boa de pedalar é que você nunca tem que perder tempo procurando vaga. Prendi minha bicicleta em um banco próximo (algo que eu não teria me atrevido a fazer num dia normal, mas, já que tecnicamente o parque estava fechado para o público, eu sabia que não teria ninguém para reclamar por isso) e me sentei numa daquelas cadeiras dobráveis de metal que tinham sido colocadas para a plateia, esperando não ser notada pela sra. Hayes, a diretora do concurso.

Sim. O concurso de Princesa Quahog é coordenado pela esposa do treinador do time de futebol americano dos Quahogs, que também é a diretora das peças da escola. A sra. Hayes, uma ex-Princesa Quahog, seguiu sua vitória tentando o título de Miss Connecticut, e quando ganhou esse, tentou o Miss América. Ela não ganhou a coroa, mas chegou entre as cinco semifinalistas graças ao bom uso de fita dupla face. Ela ainda é definitivamente a mulher mais glamourosa de Eastport — se por glamourosa você quer dizer cabelo armado e calça capri rosa da Pulitzer, que a sra. Hayes gosta muito. Eric, claro, adora ela.

— Ora ora, se não é Katherine Ellison — falou a sra. Hayes quando me viu... o que, infelizmente, não demorou muito. — Você trouxe sua câmera, eu imagino.

Eu tinha a Sony que meus pais me deram de aniversário na mochila. Disse:

— Sim, senhora.

— Que bom. Acabei de encontrar com Stan Gatch no Super Stop and Shop, e ele me disse que publicaria fotos do ensaio de hoje no jornal de amanhã para divulgar o evento se entregássemos as fotos a ele até cinco horas. Você acha que consegue fazer isso?

— Claro — disse eu, imaginando se a sra. Hayes lembrava que eu não estava lá para tirar fotos, mas para *participar* do concurso.

Mas um segundo depois ela provou que lembrava, quando falou:

— Bem, veja se faz alguma coisa útil agora. Venha até aqui e me ajude a empurrar este piano, já que é você que vai tocar.

Eu me levantei e me arrastei até o palco e, sob a direção da sra. Hayes, ajudei os técnicos de som — que estavam lá para se assegurar de que todos os microfones estivessem funcionando corretamente — a mover o piano para o lado do palco, onde ele ficaria fora do caminho de todo mundo até o meu número.

— Isso, bem melhor — disse a sra. Hayes limpando as mãos como se ela tivesse feito todo o trabalho pesado (só que ela não fez nada porque não queria amassar suas roupas). — Agora, onde estão as outras meninas? Falta de pontualidade não é uma característica atraente numa Princesa Quahog.

— Aqui estou eu, sra. Hayes — disse Sidney enquanto corria pelo corredor entre as filas de cadeiras dobráveis até o palco.

Morgan Castle — evidentemente vindo da aula de balé, já que ainda estava de malha rosa, com o cabelo num coque — estava atrás dela, carregando uma bolsa que presumivelmente tinha suas roupas do dia a dia. Jenna Hicks — com cara de poucos amigos e desconfortável com todas as suas camadas de roupas pretas, apesar do calor — vinha mais atrás. Ela estava usando os fones de um iPod e parecia estar em seu mundo particular. Como sempre.

— Ah, que bom — disse a sra. Hayes.

Estava na cara que ela não queria perder tempo. Pelo que eu entendi com ajuda do Seth, nesse sentido ela se parece muito com o marido, o treinador Hayes.

— Bem, vamos logo com isso.

Passamos a hora seguinte de pé no palco ensaiando os diversos eventos. Como os velhinhos da cidade há muito tempo decidiram que uma competição de trajes de banho era muito ousada para um evento de família como a feira

— esse tipo de coisa, eles achavam, pertencia a concursos de Miss Hawaiian Tropic, em South Beach —, havia apenas três eventos no concurso de Princesa Quahog: a apresentação das candidatas; a parte do talento; e o traje de gala, que era também quando eles faziam a parte de perguntas e respostas.

A primeira parte era fácil. Tínhamos apenas que ficar de pé ali no palco enquanto a mestre de cerimônia — a sra. Hayes — nos apresentava. Depois disso, saíamos do palco e íamos à tenda trocar de roupa para a parte do talento. Como meu talento — tocar piano — não requeria mudança de roupa (apesar de a sra. Hayes ter tentado me convencer a usar um macacão de lantejoulas brancas vermelhas e azuis que tinha sido usado na cena do desfile de uma produção de muitos anos atrás de *The Music Man* — o que eu recusei categoricamente), eu seria a primeira.

Estava feliz com isso, porque assim acabava a minha parte mais rápido.

A sra. Hayes disse que esse não é o verdadeiro espírito do entretenimento, mas que se dane. Eu tinha quase certeza de que não era a única a me sentir daquele jeito. Jenna Hicks não parecia ligar que seu número fosse o último... e não por aquela coisa de guardar o melhor para o final também. Ela não queria mesmo estar no palco. Eu estava surpresa que tivesse vindo para o ensaio e tudo. Mas quando perguntei, ela disse que não tinha opção: a mãe a tinha deixado lá. Jenna tinha dado uma ré no carro de alguém no mês anterior, e seu carro ainda estava no mecânico.

— E se eu não me classificar bem nesse maldito concurso — explicou Jenna — minha mãe não vai pagar a franquia para consertar meu carro.

— Que droga — falei, um pouco chocada.

Eu estava meio que feliz por ouvir aquilo — meus pais não se metem nem um pouco nas minhas atividades extracurriculares.

Embora eu tenha me perguntado por que Jenna simplesmente não andava de bicicleta. Quer dizer, por que as pessoas são tão dependentes de carros? Não é como se tivesse algum lugar que Jenna fosse (a loja de gibis, o Oaken Bucket) até onde ela não pudesse simplesmente pedalar se quisesse. Então ela podia dizer à mãe para ir em frente e ficar com o dinheiro da franquia, e largar o concurso.

Eu me sentia mal por Jenna, no entanto, porque, mesmo com a calada Morgan, não existia chance de ela ficar numa boa posição no concurso. Seu talento, para começar, era recitar o monólogo de Denis Leary no filme *O demolidor* — aquele sobre apoiar o direito de fumar charutos na áreas de não fumantes e correr pela cidade nu, coberto de gelatina verde —, um discurso que aparentemente não seria muito popular entre os juízes, que tendiam a favorecer apresentações com bastões a discursos que faziam apologia da anarquia social.

E as respostas da Jenna, quando a sra. Hayes ensaiou a parte de perguntas e respostas do concurso, passavam perto da hostilidade.

Embora eu ache que consiga entendê-la quando a sra. Hayes perguntou:

— Jenna, por favor, diga à plateia: o que você mais ama nos quahogs?

E sua resposta foi:

— O fato de eles terem uma concha protetora dura... como eu.

A sra. Hayes não foi muito receptiva à resposta.

— Agora, Jenna — dissera —, você pode fazer melhor que isso. Você quer que a plateia e, mais importante, que os juízes acolham você, torçam por você? Você quer que eles gostem de você, não?

E a isso Jenna respondeu:

— Não exatamente.

Fazendo Sidney soltar uma risada que estava tentando segurar a muito custo.

— Srta. van der Hoff — disse a sra. Hayes com um estalo de dedos —, se não consegue se controlar...

— Desculpe, senhora — disse Sidney, ainda parecendo que ia cair na gargalhada a qualquer minuto.

— Agora, Jenna — continuou a sra. Hayes —, você quer ganhar, não?

— Sim — disse Jenna, pensando, sem dúvida, no carro.

— Bem, então talvez você possa tentar ser um pouco mais amável. Vamos tentar uma pergunta diferente. Lembre-se, você pode receber qualquer uma dessas perguntas amanhã à noite. Elas serão escolhidas aleatoriamente pelos juízes. Jenna, na sua opinião, quais são algumas qualidades que você considera importantes em um Quahog?

Jenna olhou para ela:

— Você quer dizer, tipo... suculência?

A sra. Hayes olhou para o céu, como se estivesse pedindo ajuda ao Senhor.

— Não, Jenna — disse ela —, eu estava falando do time, não da comida. Vamos tentar outra coisa. Algo fácil. Jenna, como você definiria amor verdadeiro?

Jenna apenas olhou para a Sra. Hayes como se ela fosse louca.

É meio engraçado que, enquanto a sra. Hayes estava perguntando isso, eu tenha visto Seth andando sob as árvores, alto, elegante e mais gato do que nunca, o cabelo louro escuro caindo de um jeito sexy sobre um olho quando ele sorria para mim.

E eu sabia, com uma lufada de clareza maior que qualquer uma que eu tinha experimentado em toda minha vida, qual era a definição de amor verdadeiro. Era como se de repente eu tivesse apertado o foco automático na câmera da minha cabeça. Amor verdadeiro era Seth Turner — o simples, confiável e amável Seth.

E eu fui tomada por um sentimento feliz. Quem ligava se Tommy Sullivan tinha voltado à cidade? Quem ligava se a razão para ele estar ali fosse se vingar de mim pelo que fiz a ele quatro anos antes? Quem ligava se ele tinha me pego dando uns amassos com Eric Fluteley?

Quem ligava se toda vez que o olhava eu era consumida por um desejo de me jogar sobre ele, passar meus dedos por seu cabelo e lamber seu rosto todo? Tudo ia ficar bem.

Porque eu tinha Seth. O doce e animado Seth, que naquele momento estava sentado em uma cadeira de metal dobrável ao lado do namorado da Sidney, Dave, fazendo caretas para mim da plateia, tentando me fazer rir durante o ensaio.

Só que a minha lufada de clareza durou pouco. Porque não mais que um minuto depois — a sra. Hayes tinha passado para Morgan, perguntando a ela o que ela mais amava nos quahogs, e Morgan estava gaguejando algo sobre quahogs serem uma importante fonte de proteína para as gaivotas da região — Eric Fluteley veio andando pelo corredor.

E eu fiquei horrorizada ao sentir meu coração se encher de amor por *ele*, também! Quer dizer, ele estava tão bonito, com o cabelo escuro cacheado, uma camisa de botão, as mangas dobradas nos cotovelos, calça cáqui limpíssima e bem passada e uma piscadela na minha direção.

Eu não podia fazer nada a não ser lembrar como ele estava sexy como Bender em *Clube dos Cinco*, e como estava gato como Jud, e como ele sempre elogiou o que ele chama de meu *chi*, ou força interior, que ele diz parecer realmente grande, e como diz que nós provavelmente éramos almas gêmeas numa vida passada.

Como uma garota é capaz de não beijar um cara que diz todas essas coisas para ela?

— Srta. Ellison.

Então tá. Talvez eu não saiba o que é o verdadeiro amor. Talvez eu realmente precise dar um tempo de garotos, em vez de olhar a proporção de garotos/garotas nas faculdades em que eu estou interessada em estudar no próximo ano, e basear minha decisão em onde tem a maior quantidade de garotos. (O Rensselaer Polytechnic Institute, 75 caras para cada 25 meninas. O que parece exatamente certo para mim. Embora eu não tenha certeza de onde é o Rensselaer Polytechnic Institute ou se eles têm um curso de fotografia. Mas com tantos garotos, quem se importa? Eu me formaria em microbiologia se fosse necessário.)

— Srta. Ellison!

Sidney me deu uma cotovelada forte, e eu percebi que a sra. Hayes estava falando comigo.

— Sim, senhora — falei enquanto Sidney sorria.

— Sua vez, srta. Ellison — disse a sra. Hayes, dura como pedra. — Por favor diga à nossa plateia, e aos nossos jurados, o que você mais ama nos quahogs.

— Ah, essa é fácil — disse eu, com o sorriso que Sidney tinha escolhido como o meu melhor na noite em que praticamos nossos sorrisos de Princesa Quahog durante horas no espelho do quarto dela. — Eu amo a sua tenra suculência, especialmente quando eles estão flutuando numa tigela da mundialmente famosa sopa de quahog do Gull'n Gulp. Mencione meu nome, Katie Ellison, e ganhe uma porção grátis durante o fim de semana!

Na plateia, Seth e Dave aplaudiram entusiasmados. Até a sra. Hayes parecia satisfeita.

— Excelente resposta, Katie — disse ela. — Essa é uma que os jurados vão adorar. Vocês ouviram, mocinhas, como Katie conseguiu mencionar o nome do seu patrocinador na resposta?

— Eu não tenho um patrocinador — disse Jenna. — Minha mãe está pagando por isso.

— E é por isso que sua resposta devia ser algo do tipo "o que eu mais amo nos quahogs são os saborosos e quentes bolos de quahog que minha mãe faz para mim em dias frios de inverno" — disse a sra. Hayes.

— Minha mãe não faz bolos de quahog — disse Jenna. — Ela está sempre muito ocupada com suas aulas de pilates.

A sra. Hayes olhou para o céu novamente, e então disse num tom comedido:

— Acho que já é o suficiente para a parte de perguntas e respostas, meninas. Vamos passar para os trajes de gala, porque eu vejo que seus acompanhantes estão aqui...

Os rapazes se levantaram e foram até o palco, onde nós os recebemos com abraços entusiasmados. Pelo menos Sidney e eu fizemos assim. Morgan Castle, não tendo intimidade para beijar seu acompanhante, aparentemente, foi timidamente até ele e disse oi enquanto olhava para os próprios pés com seus sapatos de boneca da Aerosoles. Jenna, no entanto, ficou onde estava, no centro do palco. Rapidamente ficou aparente, mesmo para os técnicos de som, que eram tão idiotas que acharam que a música da

Kelly Clarkson que a Sidney cantou era country, que estava faltando um cara.

— Srta. Hicks — disse a sra. Hayes, cuidadosamente ajeitando seu enorme e estufado penteado que uma brisa vinda do mar arriscava destruir —, onde está seu acompanhante?

Jenna olhou para baixo, para os dedos em seu coturno (sério... os pés dela deviam estar suando muito. Eu não gostaria de estar por perto quando ela tirasse aquelas botas)

— Eu não tenho um acompanhante — disse Jenna suavemente.

— O que disse, srta. Hicks? — disse a sra. Hayes. — Tem que falar alto, querida. Eu não consigo ouvir se você só murmurar.

— EU NÃO TENHO UM ACOMPANHANTE! — gritou Jenna.

A sra. Hayes ficou atônita. Estava claro, pela expressão dela, que na história do concurso de Princesa Quahog de Eastport nunca houve uma participante que tivesse aparecido sem um acompanhante.

— Você está dizendo que não conhece *nenhum* jovem disposto a ser seu acompanhante, srta. Hicks? — perguntou a sra. Hayes.

— Ninguém que aceitaria ser pego fazendo algo tão idiota — murmurou Jenna.

— Como é, srta Hicks? — disse a sra. Hayes, passando de atônita a irritada numa fração de segundos. — O que você acabou de dizer?

— Eu disse que não, não tenho.

Jenna parecia querer morrer naquele exato momento. Eu não a culpava.

— Bem, um de vocês, rapazes, a acompanhe, então — disse a sra. Hayes, apontando um dedo para Seth, Dave e Eric, que trocavam olhares de pânico, como se dissessem "*Eu não, cara, você faz isso...*".

A sra. Hayes, no entanto, não dá mais moleza para os seus garotos — os atores — do que seu marido para os garotos do time.

— Eric — disse ela, seca — você vai acompanhá-la.

— Eu adoraria, sra. Hayes — respondeu Eric na sua voz mais forçada —, mas sou o acompanhante da Morgan.

— Você pode acompanhar a Morgan e depois dar a volta e acompanhar Jenna — disse a sra. Hayes, nitidamente não caindo no seu papo de ator.

— Mas isso não seria muito justo com a Morgan, seria? — perguntou Eric.

E ele ainda teve a coragem de passar o braço na cintura de Morgan, fazendo com que ela abrisse bem os olhos e sorrisse um pouco, como se não tivesse certeza se deveria ficar envaidecida ou alarmada.

— Ah, não — disse Morgan, com bochechas pálidas ficando levemente coradas —, está tudo bem, Eric. Sério.

— Eu não preciso de um acompanhante — declarou Jenna, dessa vez sem murmurar. — Sou totalmente capaz de atravessar esse palco sozinha, sra. Hayes.

— Não seja ridícula, Jenna — disse a sra. Hayes. — Você tem que ter um acompanhante. É uma tradição do concurso Princesa Quahog. Seth, vai você.

Eu senti o corpo de Seth enrijecer ao meu lado.

— Caramba — disse ele.

E eu podia perceber que ele estava escondendo uma risada.

— Eu adoraria, sra. Hayes. Mas não tenho certeza de como a Katie se sentiria em relação a isso.

— Eu não me importo — disse alto, me sentindo um pouco irritada com Seth... e Eric também.

O que havia de errado com meus namorados que eles não conseguiam suportar a ideia de serem vistos no palco com uma menina que, certo, podia não ser a mais popular da Eastport High, mas ainda era um ser humano, pelo amor de Deus?

Mas Sidney me deu uma cotovelada assim que eu falei. Eu sabia que era porque ela não queria que Jenna ganhasse nenhum tipo de vantagem sobre nós, e se ela não tivesse um acompanhante, tanto melhor.

E se Eric tivesse que acompanhar Jenna e Morgan, isso basicamente faria as duas parecerem umas esquisitas, abrindo caminho para Sidney e eu ficarmos no primeiro e no segundo lugares, respectivamente... não que houvesse alguma dúvida disso antes (pelo menos de acordo com Sidney).

Mas por que eu estava tentando arrumar confusão com meu *"eu não me importo com isso"*?

Só que eu não me importava mesmo. Eu me importava era com Seth e Eric sendo grosseiros com ela.

Mas então aconteceu algo com que eu me importei, e fez as outras coisas com que eu me importava parecerem nada.

E foi Eric Fluteley abrindo a boca e dizendo:

— Ei, já sei. Katie, por que você não liga para Tommy Sullivan e pede a ele para acompanhar Jenna, agora que ele voltou à cidade? Aposto que ele não vai fazer nada amanhã à noite.

Onze

Seth não soltou o braço de mim ou nada assim. Pelo menos, não no mesmo instante.

Na verdade, ninguém reagiu de primeira. Todo mundo apenas ficou ali de pé, dizendo:

— O quê?

A não ser Eric, claro, que estava muito ocupado rindo da própria piada. O que não foi nem tecnicamente uma piada, porque não foi engraçado. Para ninguém além dele, pelo menos.

Então Seth olhou para mim através de seus cílios impossivelmente longos e falou:

— Do que ele está falando, gata?

E, de repente, eu soube. Soube exatamente o que Tommy Sullivan estava fazendo de volta na cidade.

E a lembrança de como eu quase o deixei me beijar — teria deixado ele me beijar se ele tivesse tentado, o que ele não fez — fez minhas bochechas corarem. Eu esperava que ninguém notasse. Talvez eu pudesse culpar o calor se alguém perguntasse.

— Ah, nada — disse eu tentando disfarçar. — Encontrei com Tommy Sullivan no centro da cidade hoje de manhã e Eric estava passando de carro.

— Aquele banana — disse Seth.

Eu sabia que se a sra. Hayes não estivesse por perto, Seth teria usado uma palavra diferente para descrever Tommy... uma que também começava com a letra B, mas que não era tão socialmente aceita quanto banana.

— Bem, os avós dele ainda moram aqui — disse Dave, sempre tentando acalmar os ânimos.

Então, porque Sidney olhou para ele — acho que ela estava imaginando como ele sabia tanto sobre os avós de Tommy —, Dave acrescentou, defensivo:

— O quê? Eles frequentam a minha igreja. Ele provavelmente está aqui visitando os avós.

— Não — disse Eric, antes que eu pudesse fazê-lo se calar com um olhar —, ele vai começar em Eastport High na semana que vem. Não foi isso que ele disse, Katie?

Fechei os olhos novamente, esperando o buraco que eu imaginei que ia se abrir em frente ao Eastport Old Towne Photo aparecer sob meus pés. Dava para ouvir um alfinete cair tamanho o silêncio que se seguiu a essa declaração. Ou, sendo Eastport, um quahog espirrar lá na praia.

Então Seth gritou:

— O QUÊ?

E ao mesmo tempo a sra. Hayes declarou:

— Chega de conversa mole, gente. Nós não terminamos nosso ensaio.

Eu abri meus olhos. Ainda não tinha nenhum buraco. Mas mesmo assim eu realmente queria pular dentro de um.

— Sério — disse Eric parecendo um pouco alarmado pelo volume do grito de Seth... que foi bem alto —, ele mesmo nos disse. Não foi, Katie?

Foi então que Seth tirou o braço da minha cintura.

— Espere um minuto — disse ele me olhando com tristeza naqueles olhos castanhos que pareciam os de um filhote de cachorro. — Tommy Sullivan está de volta à cidade? E você não me *contou*?

E era isso. Exatamente o que Tommy estava fazendo ali, confirmado:

ELE ESTAVA TENTANDO ARRUINAR MINHA VIDA.

Mas de forma alguma eu ia deixar. Mesmo que talvez merecesse ter minha vida arruinada, por ter arruinado a vida de Tommy quatro anos antes. Aliás, será que não existe um estatuto de limitações de arruinação de vidas?

— Sinceramente, não achei que fosse tão importante assim — falei olhando para Seth com minha expressão mais inocente, a que Sidney e eu praticamos em frente ao espelho do quarto dela para o caso de sermos pegas por nossos namorados dando alertas de gatos quando outros caras passassem —, acabei de descobrir também.

E, além disso, toda essa história do Tommy foi há tanto tempo. Eu achei que já eram águas passadas. (Obrigada por essa, mãe.)

Mas estava claro que não eram águas passadas para Seth.

O que eu de certa forma sabia.

— Meu irmão perdeu todas as bolsas de estudo por causa do que aquele cara fez! — gritou Seth.

— Eu sei — disse eu —, mas, sério, Seth, você não acha que Tommy já foi punido o bastante por isso?

— Por quê? — perguntou Seth. — Porque alguém pintou que ele é um esquisito na parede do ginásio da escola? Você acha que é a mesma coisa que aconteceu com Jake?

— Vocês *expulsaram* ele da cidade — disse Jenna Hicks enquanto botava os fones do iPod.

Seth deu uma encarada rápida nela:

— Tommy Sullivan foi embora da cidade *porque quis* — disse ele.

— É — disse Jenna rindo —, porque vocês iam matá-lo.

— Ei — disse Dave —, isso não é verdade.

Jenna soltou outra gargalhada:

— Certo — falou com sarcasmo.

Então ela ligou a música para não ouvir mais a conversa. Fiquei com inveja dela.

— Gente! — disse a sra. Hayes batendo palmas para chamar a nossa atenção. — Já *chega*! Ainda temos trabalho a fazer! Aos seus lugares... e, srta. Hicks. Srta. Hicks!

Jenna desligou o iPod e olhou com ar de cansada para a sra. Hayes.

— Se você não aparecer com um acompanhante amanhã à noite, não vai poder participar do concurso. Entendeu?

Jenna fez cara de entediada:

— Sim, senhora.

Todos nos apressamos para tomar nossas posições, garotos de um lado do palco e meninas do outro. Assim que estávamos longe do alcance dos ouvidos de Seth e Dave, Sidney me beliscou e cochichou:

— Por que não me contou que Tommy Sullivan está de volta à cidade? Isso é uma bomba!

Eu queria cochichar em resposta:

"Pensei que você já soubesse. Você mandou um alerta de gato sobre ele ontem na praia."

Mas então me lembrei de que já tinha mentido para ela e dito que aquele era um cara que o Liam conhecia do acampamento de futebol americano.

Sério, pode ser um problema quando você perde o controle sobre suas mentiras.

Algo que Tommy aparentemente já tinha percebido. E que, sem dúvida, era parte de seu plano diabólico para me arruinar.

Então, em vez disso, eu apenas disse:

— Eu não achei que fosse assim tão importante.

— Está brincando? — sussurrou Sidney de volta. — Eu não me surpreenderia se os rapazes estiverem planejando uma festa do cobertor para mais tarde.

Meu estômago embrulhou. Porque uma festa do cobertor é quando os Quahogs pegam um cara e batem nele (antigamente, colocavam um cobertor na cabeça da vítima para ela não saber quem estava batendo; agora não ligam mais, porque muitos dos policiais de Eastport são antigos Quahogs, e Quahogs não denunciam outros Quahogs).

— Isso é uma barbárie — cochichou Jenna Hicks, que entreouviu nossa conversa.

— É — disse Morgan, que estava pálida, mas decidida. — Violência não é resposta para nenhuma situação.

Sidney, que olhava para elas, voltou seu olhar para mim e então caiu na gargalhada — presumivelmente da ingenuidade de Jenna e Morgan.

Eu fingi que me juntei à risada. Mas por dentro não estava vendo nada de engraçado na situação. Mais que tudo, eu apenas queria matar Eric por ter mencionado Tommy primeiro. Qual é o problema com Eric Fluteley, aliás? Para um cara que diz querer tanto ser meu namorado (em público... não apenas dar uns amassos atrás de um gerador de emergência), ele certamente descobriu uma forma diferente de me conquistar.

E além disso, Eric não sabia que na noite anterior eu estive lutando contra uma vontade louca de enfiar minha língua na boca de Tommy.

Ou talvez ele soubesse — algum tipo de sexto sentido de namorado — e fosse por isso que estava tão empenhado em fazer com que Tommy fosse morto.

Foi difícil me concentrar durante o resto do ensaio para o concurso. Seth parecia muito chateado — eu podia ver seus bíceps contraídos toda vez que passava a mão por seu braço para ele poder me "guiar" até minha posição no palco... e tinha certeza absoluta de que ele não estava fazendo isso para me impressionar com o tamanho dos seus músculos, mas porque estava muito estressado com aquela história do Tommy.

Ele não falou mais sobre o assunto comigo, no entanto. Eu realmente esperava que fosse porque ele estava tentando se acostumar com a ideia de Tommy estudando em Eastport High, e não porque estivesse tramando o que Sidney tinha mencionado — uma festa do cobertor. Com Seth, é sempre difícil dizer, porque ele é muito calado durante grande parte do tempo.

Eu costumava pensar que isso acontecia porque ele era realmente sensível e profundo.

Porém, mais recentemente acabei percebendo que é porque na maior parte do tempo ele está apenas pensando no que vai comer depois... muito parecido com meu irmão, Liam.

Garotos, na verdade, não são assim tão profundos no fim das contas.

Bem, a não ser Tommy Sullivan. Que pelo visto vem cuidadosamente tramando minha aniquilação social durante os últimos quatro anos. É óbvio que ele estava apenas esperando que eu chegasse ao meu atual nível de popularidade/felicidade antes de começar a agir. Porque quanto maior a altura, maior a queda.

E o que poderia ser mais alto que ser a namorada de Seth Turner e a melhor amiga de Sidney van der Hoff?

E, estranhamente, joguei exatamente o jogo dele diante da minha fraqueza no que diz respeito a caras bonitos. Se ele não tivesse me pego ficando com Eric Fluteley, não teria nada contra mim.

Bem, nada a não ser meu desejo de beijá-lo também.

Deus, o que há de errado comigo?

Já estava mais do que na hora de o ensaio acabar. No minuto em que a sessão de fotos terminou — a sra. Hayes me fez tirar fotos de Morgan dançando e Sidney fingindo cantar — e a sra. Hayes disse que era o suficiente e que deveríamos chegar no máximo às seis horas no dia seguinte, dei um beijo de despedida em Seth e saí em direção à minha bicicleta, dizendo que precisava entregar as fotos para o sr. Gatch, na *Gazzete,* para que ele pudesse publicá-las na edição da manhã seguinte.

Depois de todo aquele trauma emocional (sem contar a sra. Hayes), era um alívio pedalar até o prédio da *Eastport Gazette*. Porque qualquer que seja essa loucura que está acontecendo na minha vida, tudo parece bobeira em comparação com as loucuras que acontecem em um jornal de cidade pequena. Quando entrei, alguém estava na mesa dos classificados gritando por causa dos cachorros do vizinho que não paravam de latir, e como o jornal devia publicar uma matéria sobre isso, ou ele ia levar a história para o *New York Times*... e então eles ficariam arrependidos.

Eu juro que toda a população da cidade de Eastport, Connecticut, é formada de doidos.

Descarreguei minha fotos do concurso no computador da diretora de arte. Ela prometeu dar uma olhada e encaminhar as melhores para o sr. Gatch, o editor chefe. Agradeci a ela e estava quase saindo — eu tinha que ir para casa me trocar antes do turno no Gull'n Gulp (Peggy não nos deixa usar shorts no trabalho, a não ser que sejam brancos ou cáqui e muito bem passados) — quando vi a pessoa com quem o sr. Gatch estava em reunião saindo da sala dele.

E quase tive um infarte.

Porque a pessoa tinha mais de 1,80m, estava usando bermuda cargo e uma camiseta justa da Billabong, tinha ombros largos e cabelo ruivo meio longo.

Ele não me viu. Até porque eu me escondi atrás de um armário.

Eu não podia acreditar. *Eu não podia acreditar.* O que *ele* estava fazendo ali?

Assim que ele saiu, corri para a porta do escritório do sr. Gatch, que ainda estava aberta, e falei:

— O que Tommy Sullivan estava fazendo aqui?

O sr. Gatch, que é um homem grande e meio bruto, sem paciência para ninguém, ainda mais fotógrafos freelance que ainda estão no ensino médio, olhou por cima do monitor do computador de uma forma meio chateada e falou:

— Desculpe, mas não consegui perceber por que isso seria do seu interesse, Ellison.

Eu olhei para ele. O sr. Gatch tem reputação de durão, mas aquilo parecia ter sido particularmente duro comigo. Não era como se nós fôssemos chegados.

Mas ele tinha pedido a MIM, e não a Dawn Farris, a única outra fotógrafa freelance do jornal (ela também trabalha meio expediente no Office Max), para fotografar a festa do segundo aniversário do neto dele. Eu tinha pensado que isso nos dava um certo grau de proximidade.

Aparentemente, tinha pensado errado.

Perplexa, fiquei ali na entrada do escritório dele, tentando imaginar o que fazer. Eu não podia — não iria — deixar o prédio até saber por que Tommy Sullivan tinha estado lá.

Porque, lá no fundo, eu tinha certeza absoluta de que eu sabia. Apenas precisava de confirmação para ter certeza de que eu estava certa, antes de passar para a ação.

O sr. Gatch já tinha voltado sua atenção para o monitor do computador.

— Você não deveria estar no ensaio da Rainha Quahog ou algo assim? — perguntou ele.

— É *Princesa* Quahog — falei.

Ele sabia perfeitamente bem qual era o verdadeiro título de nobreza. Ele tinha escrito sobre isso nos últimos trinta anos... talvez até mais, se os rumores de que estaria na casa dos 70 forem verdade.

— E eu acho que o senhor deve saber — continuei, apesar de as sobrancelhas peludas e grisalhas do sr. Gatch estarem abaixadas, um sinal incontestável de que ele estava concentrado em um jogo complexo de paciência no computador e não queria ser interrompido.

Mesmo assim, era como se eu estivesse tomada por algum tipo de obsessão. Eu *tinha* que saber o que Tommy estava fazendo no escritório dele. Eu apenas *tinha* que saber.

E essa era a única explicação para eu ter dito o que disse em seguida. Que foi:

— Os Quahogs estão planejando pegá-lo num corredor polonês.

Ainda antes de as palavras saírem da minha boca eu já estava querendo desesperadamente não ter dito nada. O que havia de errado comigo? Eu estava dedurando meu próprio namorado — bem, um deles, pelo menos — para o maior fofoqueiro da minha cidade (bem, fora a minha melhor amiga e meu outro namorado).

As sobrancelhas peludas e grisalhas do sr. Gatch se levantaram instantaneamente. Mas não, como eu imaginava, porque ele tinha sentido cheiro de uma boa história e estava tremendo de excitação para escrevê-la.

— Eles estão? Agora? — perguntou, moderado. — E o que você espera que eu faça a respeito disso?

— Bem — disse eu, perplexa novamente —, eu... eu não sei. Só achei que o senhor devia saber.

O ódio do sr. Gatch pelos Quahogs (causado por ele não gostar de nenhum esporte organizado) era lendário. Foi ele que descobriu a história do Tommy no *Eagle* e foi adiante e checou a nota de Jake Turner na prova (que tinha, na verdade, subido trezentos pontos desde a tentativa anterior), e as notas dos outros jogadores do time que Tommy apontou (igualmente impressionantemente — e incrivelmente — aumentadas).

Com certeza, ouvindo que os Quahogs estavam agora planejando algo tão brutal como um corredor polonês, o sr. Gatch ia saltar em defesa de seu repórter favorito... talvez escrevesse um de seus editoriais acusatórios e amargos, como o que escandalizou muitas das autoridades da cidade sobre como muitos gatos da cidade estavam sofrendo de hipertireoidismo, como resultado direto, acreditava o sr. Gatch, das impurezas na água potável de Eastport.

Mas em vez disso, o sr. Gatch disse:

— Se tem alguém que deve saber disso, esse alguém é Tommy Sullivan, você não acha, Katie?

Olhei para ele boquiaberta. Avisar *Tommy*? Era isso que ele estava falando? Que eu devia avisar Tommy o que Seth e seus amigos estavam planejando?

Mas... de que isso serviria? Tommy Sullivan estava de volta à cidade por um motivo, e um motivo apenas: vingança. Para arruinar a vida de todos que contribuíram para arruinar a dele, quatro anos atrás.

Em outras palavras... minha vida.

Com certeza era do meu total interesse deixar Seth e seus amigos fazerem o pior que pudessem.

Não era?

E mesmo assim... se fosse, eu realmente acreditava que ir ao escritório do sr. Gatch e contar a ele o que os Quahogs estavam armando ia induzi-lo a impedi-los, de alguma forma?

Só existia uma explicação para isso. E não era uma de que eu gostasse nem um pouco.

Engolindo em seco, eu disse:

— Desculpe tê-lo incomodado, sr. Gatch.

E então me virei. E saí de lá o mais rápido que pude.

Doze

Então. Finalmente aconteceu. Os insultos de Liam, com que ele vinha pegando no meu pé havia anos, estavam finalmente se tornando realidade.

Eu deveria ter percebido o que estava acontecendo há muito tempo. Tudo fazia sentido perfeitamente. O fato de eu estar namorando com o cara mais gato e mais popular da escola... e mesmo assim ficar, escondida dele, com outro cara.

O fato de eu não conseguir me obrigar a decidir de qual desses garotos eu gostava mais, porque a verdade é que eu não gostava de nenhum deles tanto assim, a não ser para dar uns amassos.

O fato de eu ter mentido sobre isso para os dois — e para a minha melhor amiga, e todos os seus amigos, e meus pais, e para mim mesma também — tantas vezes que nem conseguia saber para quem eu contei o quê sobre quem.

Tudo estava lá o tempo todo, a pura e simples verdade. Liam tinha sido a única pessoa a me acusar disso na minha cara:

Mentirosa, mentirosa, e pegando fogo.

Era verdade. Eu sou uma mentirosa. E eu não consigo parar de pensar em garotos.

Eu sabia que o sr. Gatch estava certo, e que eu tinha que contar a ele. Quer dizer, Tommy. Mesmo que eu estivesse convencida de que ele não estava armando nada de bom — e o fato de eu tê-lo visto no escritório do sr. Gatch apenas provava isso. O que quer que aqueles dois estivessem tramando juntos, você podia apostar que nada de bom sairia dali. Pelo menos, nada de bom para Katie Ellison.

E ainda assim... será que eu realmente poderia não fazer nada e deixar aquele rosto lindo ficar desfigurado?

Não. Eu não poderia.

E isso, devo admitir, me deixa extremamente fraca. Mas será que é tão surpreendente? Que eu seja fraca, eu quero dizer. *Eu beijo caras atrás de geradores de emergência.* De que mais alguém vai me chamar? Além de sedutora profissional, o que a Sidney já me contou que estou perigando virar se não começar a fazer sexo. Como se eu ligasse.

Mas eu tentei me impedir. Gastei meu tempo trocando de roupa quando cheguei em casa. Chequei meu e-mail. Folheei a nova *Us Weekly*. Brinquei de me maquilar. Fiz e comi um sanduíche de atum. Esperei até absolutamente o último minuto antes de ter que sair de casa para não me atrasar para o trabalho, e só então procurei o número do telefone da casa dos avós de Tommy e disquei.

A avó de Tommy atendeu.

— Oi, sra. Sullivan — falei com a voz mais animada que consegui —, aqui é Katherine Ellison, antiga amiga de Tommy, da escola.

Houve uma pausa, durante a qual, sem dúvida, a avó de Tommy pensou sobre a forma como eu tinha deixado seu neto para ser devorado pelos lobos depois de ele ter feito a coisa certa indo em frente e revelando o que sabia a respeito dos Quahogs.

Então a sra. Sullivan disse:

— Ah, Katie! Olá! Como você está? Eu vi aquela foto linda que você tirou da sra. Hinkley no batizado da bisneta dela na última primavera. Você é tão talentosa!

— Hã... — disse eu — obrigada, sra. Sullivan. Estou procurando Tommy. Ele está aí?

— Ah, não, querida — disse a sra. Sullivan —, eu acho que ele saiu.

— Ah — disse eu.

Eu não tinha certeza se estava aliviada ou desapontada. Disse a mim mesma que estava aliviada.

— Certo. Bem, por acaso a senhora tem o número do celular dele? Ele tem um celular, não?

— Ah, sim, ele tem — disse a sra. Sullivan —, e ele me deu o número... deixe-me ver. Sei que está aqui em algum lugar

Escutei a sra. Sullivan remexer seus papéis e depois falar:

— Bud? Bud, você sabe onde eu anotei o número do telefone celular do Tommy?

Então o avô de Tommy podia ser ouvido ao fundo falando:

— Disse a você para prender o papel no quadro de avisos. Por que você nunca prende nada no quadro de avisos? Foi para isso que eu o pendurei lá.

Eu olhei para o relógio da cozinha. Se não saísse para o trabalho AGORA, chegaria atrasada e Peggy descontaria meu pagamento.

— Hum, sra. Sullivan? — falei eu ao telefone. — Sra. Sullivan, tudo bem.

A sra. Sullivan, depois de mexer mais um pouco nos papéis, voltou ao telefone:

— Ah, Katie, querida. Eu não estou conseguindo achar o número.

— Tudo bem, sra. Sullivan — disse rapidamente. — Se a senhora puder apenas dizer ao Tommy que liguei, vou ficar muito agradecida. Certo?

— Certo, querida — disse a sra. Sullivan, ainda parecendo distraída. — Onde eu posso ter anotado esse número?

Desliguei porque tinha que correr. Quase fui atropelada mais ou menos umas dez vezes ao longo da Post Road e desobedeci inúmeras leis do trânsito tentando chegar ao trabalho na hora. Consegui, mas adiantada apenas cinco minutos

Estava prendendo minha bicicleta quando alguém passou as mãos na minha cintura e sussurrou no meu ouvido:

— Olá, gatinha.

Dá para me culpar por ter-me virado rapidamente e tirado as mãos dele? Quer dizer, eu estava muito tensa. E não estava tendo meu melhor dia.

— Ei — disse Eric com um tom ofendido, parecendo magoado. — O que há de errado?

— O que há de errado? — explodi. — O que há de errado? *Você* é o que há de errado, é isso. Por que você tinha que contar a Seth e aqueles caras que Tommy Sullivan estava de volta à cidade?

Eric piscou algumas vezes por trás das lentes escuras de seu Armani:

— O que você quer dizer?

— O que eu quero dizer?

Olhei para ele. O sol estava realmente claro... e quente. Eu ainda estava ofegante de ter andado de bicicleta, e um pouco suada. O que imagino seria uma das vantagens de se ter um carro: você não teria que se preocupar em chegar nos lugares com marcas de suor debaixo do braço. Ainda assim fiquei de pé com as mãos na cintura. Porque eu não ligava se Eric Fluteley visse minhas marcas de suor nas axilas. Não mais.

— Exatamente o que eu disse. Você estava tentando criar problema.

— Eu não estava! — gritou Eric.

— Ah, estava sim — falei. — O que eu quero saber é: por quê? O que Tommy Sullivan fez para você, afinal?

— Nada — disse Eric na defensiva. — Meu Deus, o que há de errado com você hoje?

Eu fiquei lá parada olhando para ele sob a forte luz do sol. O que havia de errado *comigo* naquele dia? Nem eu sabia. Tirando a parte de eu ser doida.

Mas ainda assim, tenho certeza absoluta de que *sempre* fui doida. É só que toda essa coisa de Tommy Sullivan finalmente me fez admitir isso para mim mesma.

O que eu estava fazendo? O que eu estava fazendo com aquele cara na minha frente que, certo, era gato e um ator talentoso e tudo mais?

Mas era de Eric Fluteley que eu gostava? Ou dos caras que ele interpretava no palco? Quer dizer, quando eu beijo Eric, eu estou beijando Eric... ou Bender? Ou Jud?

E de pé ali no sol quente, escutando as gaivotas brigarem por uma batata frita jogada na calçada, eu repentinamente soube. Era Jud. O pobre, solitário e apaixonado Jud. E Bender, que deixou cair tinta no chão da garagem. Não Eric Fluteley, com suas fotos e a BMW do pai.

E perceber isso me deixou um pouco enjoada.

— Quer saber, Eric? — eu me peguei falando para ele. — Não posso mais fazer isso.

Eric continuou a me olhar por trás dos óculos de sol:

— Não pode fazer mais isso o quê?

— Isso — disse eu, apontando para ele e depois para mim mesma. — O que quer que *isso* seja. É errado. E eu não vou fazer mais.

O queixo de Eric caiu:

— Espere... você está *terminando* comigo?

— Bem — disse eu —, não. Como tecnicamente eu nunca namorei você, não. Mas não vamos mais ficar.

Eric tirou os óculos e disse:

— Katie, você está apenas desidratada. Posso ver que está suando. Entre, tome uma bebida gelada e eu vou encontrar com você aqui no seu intervalo. Certo?

— Não — falei balançando a cabeça.

Por um milagre eu não me sentia mais enjoada. Na verdade, estava até bem. Na verdade, eu queria rir. Um pouco.

— Não, Eric, não se preocupe. Eu não vou fazer isso. Está acabado. Sério. Eu realmente gosto de você, mas só como amigo. Tudo bem?

A expressão de Eric era de incredulidade. Seus olhos azuis como o oceano estavam confusos.

— Espere — disse ele —, isso é porque eu nunca a levei para jantar ou algo assim? Porque era *você* que não queria ir comigo, lembra? Você sempre dizia que tinha medo de que as pessoas nos vissem juntos e de o Seth descobrir...

— Não — disse eu —, não tem nada a ver com isso, Eric. Só não posso fazer mais isso. É muito complicado. E não é justo com você.

— Eu não ligo — insistiu Eric, tentando segurar minha cintura novamente, mas consegui me desvencilhar.

— *Eu* ligo.

Eu sabia que precisava mudar o enfoque para que fosse sobre ele e não sobre mim, porque a única pessoa com quem Eric realmente se importa é ele mesmo, e então é só isso que realmente interessa a ele. Então eu disse:

— Você precisa de uma namorada *de verdade*, uma que possa se dedicar apenas a você.

Da forma como eu devia estar me dedicando somente ao Seth.

— Que tal Morgan Castle? Ela realmente parece gostar de você. Vocês têm tanto em comum, com a coisa da performance. E formam um belo casal.

Isso pareceu ter surtido efeito em Eric. Ele parou de tentar me agarrar e me beijar — sabendo tão bem quanto eu sabia que, no minuto em que a pegação começasse, eu estaria derretendo nos braços dele — e falou:

— Sério? Você acha?

Haha. Eu sabia que funcionaria.

— Com certeza. Só que, você sabe. Você tem que tratá-la bem. Porque ela é uma bailarina e tudo mais. E bailarinas são muito sensíveis. Meio como os atores.

Ele pareceu gostar disso. Bem, sendo um ator eu imaginei que fosse gostar. Como todos os atores, ele estava convencido de que era alguém realmente especial, e não apenas um cara que ficava de pé num palco dizendo um monte de coisas que outra pessoa escreveu, sem ter nenhum pensamento próprio original.

Oops. Ou talvez ele tenha. Porque um segundo depois, ele me olhou de forma suspeita e disse:

— Espere um minuto. Sobre o que é isso tudo, afinal, Katie? Isso tem alguma coisa a ver com Tommy Sullivan?

Eu o fitei com os olhos arregalados:

— Tommy? Não. Por que isso teria alguma coisa a ver com Tommy?

Será que Eric sabia de algo que eu não sabia? Como o que Tommy estava armando?

— Não sei — disse ele, ainda olhando para mim desconfiado. — Porque parece que tudo estava indo muito bem entre nós até ele voltar para a cidade.

Eu queria cair na gargalhada. E não de uma forma feliz. De uma maneira histérica. Porque o que Eric tinha acabado de falar era chover no molhado... que tudo parecia estar indo bem até Tommy Sullivan voltar à cidade. Nunca ninguém disse algo tão verdadeiro.

— Isso não tem nada a ver com Tommy — disse eu.

Só que, como de costume, eu estava mentindo.

Mas até aí, nada demais, minto o tempo todo mesmo. Que diferença faria uma a mais?

— Bem — disse Eric, não parecendo nada convencido.

Nenhuma garota tinha terminado com ele antes. Obviamente ele não sabia muito bem como agir.

Para minha sorte, ele escolheu ser magnânimo com relação a isso. Eu nem tinha ficado tão preocupada que ele resolvesse ser vingativo e contar tudo sobre nós para o Seth. Porque Eric valoriza demais sua aparência e não gostaria de ser o convidado de honra de uma festa do cobertor.

— Se você tem certeza... — disse ele para mim.

— Ah — falei —, tenho certeza, sim. Tchau, Eric. Vejo você por aí.

— É — disse ele colocando de volta os óculos escuros. — Vejo você no concurso de Princesa Quahog. Amanhã.

— Amanhã — concordei. — Certo. E, hum, obrigada.

Parecia meio idiota agradecer a um cara por passar tanto tempo beijando atrás de um restaurante. Mas o que mais eu deveria falar? Princesas Quahog são, afinal de contas, educadas.

E Eric não pareceu ligar. Ele sorriu e fez um aceno de tchau. Então foi andando na direção da BMW do pai.

E eu corri para dentro do Gull'n Gulp, batendo o ponto apenas trinta segundos antes do horário.

— Chegando em cima da hora, Ellison? — quis saber Peggy quando me viu.

— Desculpe — disse eu —, o ensaio do concurso de Princesa Quahog demorou um pouco demais.

É impressionante a facilidade com que as mentiras saem da sua boca uma vez que você se acostuma a contá-las o tempo todo.

— Tudo bem — disse Peggy, sarcástica —, prenda seu cabelo e vá para lá.

Eu prendi o cabelo em um rabo de cavalo e saí para o salão, onde fui recebida por mais ou menos uma dúzia de pessoas que trabalham na casa, como garçonetes, cozinheiros, ajudantes, e Jill, a hostess, segurando um bolo no formato de um quahog que tinha BOA SORTE PARA A NOSSA PRINCESA QUAHOG escrito com confeito amarelo.

Eles todos — incluindo Peggy, que veio atrás de mim — gritaram SURPRESA ao mesmo tempo.

Eu estava surpresa, de verdade. Especialmente depois da forma como Peggy tinha me dado uma bronca. Que depois ela me confidenciou, rindo, que foi só para disfarçar ainda mais o que eles tinham planejado.

— Haha — ri sem muita vontade. — Realmente funcionou.

Ainda assim foi legal da parte deles. Quer dizer, demonstrarem seu apoio. Bem, se eles são meus patrocinadores, têm que me apoiar.

E como sempre tem uma calmaria entre quatro horas, quando meu turno começa, e cinco, quando os primeiros clientes chegam para o jantar, foi legal sentar comendo bolo e olhando para a água.

Pelo menos foi legal até Shaniqua, encostada no parapeito ao meu lado, sobre a água, falar:

— Então, qual é a parada desse tal de Tommy Sullivan que apareceu ontem? Foi realmente ele quem dedurou os Quahogs anos atrás?

Jill, que estava encostada do outro lado, chupou o confeito de um dedo e disse:

— É, e como eu consigo arrumar o telefone dele? Porque aquele garoto é uma beleza.

Senti uma vontade repentina e completamente irracional de empurrar Jill na água. O que é estranho, porque realmente gosto dela.

Em vez de empurrá-la, respondi a pergunta de Shaniqua:

— Sim. Tommy é mesmo o cara que delatou os Quahogs anos atrás. Ele estava cobrindo um jogo para o jornal do colégio, o *Eagle*, entrou no vestiário da escola para entrevistar alguns dos jogadores antes da partida e entreouviu eles se gabando de terem colado de outro rapaz quando descobriram que o inspetor da prova que estavam fazendo era um grande fã dos Quahogs, que os deixou se safarem.

Shaniqua fez cara de desgosto.

— Você quer dizer que se eles não estivessem se gabando disso, nunca seriam pegos?

— Provavelmente não — disse eu —, mas, você sabe, eles nunca acharam que um garoto de um jornal de uma escola do ensino fundamental ia delatá-los. Mas Tommy incluiu as declarações sobre a prova em seu artigo e o sr. Gatch, da *Gazette*, leu a matéria e checou a nota dos rapazes e... Bem, o treinador Hayes teve que desistir do campeonato estadual porque perdeu a maior parte do time.

Jill estava mexendo no cabelo louro, brilhante e comprido.

— Uau. Isso é, tipo, trágico.

— O que há de trágico nisso? — quis saber Shaniqua. — Aqueles caras colaram e receberam a punição que deviam receber. Então por que foi *Tommy* que teve seu nome pintado na parede do ginásio?

— Bem, você sabe como essa cidade é em relação aos Quahogs — falei encolhendo os ombros, esperando que ela não percebesse que minhas bochechas de repente tinham ficado coradas.

— Idiotas estúpidos — disse Shaniqua, embora a palavra que ela usou para descrever os cidadãos de Eastport tenha sido mais colorida que idiotas e inapropriada para uma potencial Princesa Quahog repetir.

Depois, nós todas tivemos que sair do parapeito e entrar, porque um ônibus lotado de turistas alemães tinha acabado de encostar. E às sete horas, estávamos lotados. As coisas não acalmaram de novo até pouco antes das onze, horário que fechamos às quintas. Eu estava tão cansada que tive que ligar para o Seth e pedir que não me encontrasse depois do trabalho.

E, tudo bem, a verdade era que a ideia de beijar Seth depois do trabalho no carro dele no estacionamento pareceu tão interessante quanto a ideia de beijar — sei lá — um quahog, ou algo assim. O marisco, eu quero dizer.

Mas eu estava mesmo cansada. Tinha sido um dia longo. E eu precisava de uma boa noite de sono por causa do concurso no dia seguinte e tudo mais. Então não era apenas uma desculpa. Pelo menos foi o que eu disse a mim mesma.

Ainda assim, quando eu fui até o bicicletário para pegar minha bicicleta depois do trabalho e ouvi alguém chamar meu nome no estacionamento, todo o cansaço desapareceu do meu corpo.

Porque não era a voz de Seth.

Não era *mesmo* a voz de Seth.

Treze

Sério. Foi como se eu tivesse sido atingida por um raio, tomado um milhão de Red Bulls ou algo parecido, porque de repente eu estava muito ligada. E todas aquelas bandejas de bolinhos de quahog que eu tinha carregado? Todas aquelas tigelas de sopa de quahog que tinha levado às mesas? Meus músculos não sentiam mais nada.

Isso é mesmo sério. Quer dizer, que um mero *garoto* pudesse me fazer me sentir daquele jeito. Mesmo quando comecei a sair com o Seth — quando percebi que, dentre todas as garotas de Eastport High, ele na verdade gostava de *mim*, e não de nenhuma das Tiffanys ou Brittanys que ele poderia ter tão facilmente — ele nunca me fez sentir dessa forma.

E tenho que dizer que eu realmente, realmente odiava Tommy Sullivan por aquilo.

— O que você quer? — falei enquanto me virava, com minha voz mais rude.

Só que as palavras perderam a força quando vi como ele estava lindo, encostado na frente do seu Jeep iluminado por um feixe de luz que descia de uma das lâmpadas do estacionamento. Seu carro era o único que tinha sobrado no estacionamento — todo mundo já fora para casa. O píer estava completamente silencioso, a não ser pelo bater da água contra o muro e alguns grilos sob o gerador de emergência.

Eu não consegui deixar de notar, na luz da rua, que os braços de Tommy estavam cruzados na frente do peito de uma forma que seus bíceps ficavam realmente inchados por baixo das mangas curtas da camiseta justa.

Ele estava com um pé encostado no para-choque, mostrando um buraco no joelho do jeans que usava. Eu não conseguia parar de olhar para a pele bronzeada que aquele buraco revelava, mesmo que fosse apenas um joelho. Era como se eu estivesse hipnotizada ou algo assim.

Ah, sim. Eu odeio Tommy Sullivan. *Muito*.

— Ei — disse ele descruzando os braços, mas sem desencostar o pé do para-choque, quando viu que eu me virava —, achei que a encontraria aqui. O que houve? Minha avó disse que você ligou.

Eu tentei me impedir. Realmente tentei.

Mas quando percebi, estava deixando a proteção — de beijar um garoto que não fosse meu namorado — do bicicletário e do gerador de emergência e atravessando o estacionamento na direção dele. Foi como se eu fosse um dos zilhões de insetos que ficam voando ao redor da lâmpada sobre nós, atraída não pela luz sobre nossas cabeças, mas pelo que quer que fosse que Tommy Sullivan emanasse.

E eu estava começando a suspeitar que eram alguns feromônios sérios ou algo assim. Senão, de que outra forma eu poderia explicar por que não conseguia ficar longe dele, apesar de ele obviamente estar de volta à cidade para me destruir?

— É — falei quando cheguei perto o suficiente para ver que seus olhos estavam cor de âmbar sob a luz da rua.

Mais amarelos do que o âmbar, na verdade. Não acho que tenha sido um truque da minha imaginação. Os olhos de Tommy Sullivan pareciam dourados.

— Eu liguei. Eu... eu queria dizer algo a você.

— Foi o que imaginei — disse Tommy olhando curioso para mim. — Ei, você está bem? Você parece meio... estranha.

— Eu estou bem — disse lambendo os lábios.

E eu não estava nem tentando flertar! Minha boca simplesmente ficou seca demais de uma hora para outra. Não sei por quê. Eu apenas continuei olhando para os olhos de Tommy e pensando: *Eles realmente parecem dourados. Como isso é possível? Como alguém pode ter olhos dourados?*

— Hum — disse ele. — Bem, você não deixou o número do seu celular. Então não pude ligar de volta. Tentei ligar para sua casa, mas seu pai disse que você estava aqui.

— Ah.

Tommy, ao contrário de Seth e Eric, não usava nenhuma joia. Seu pescoço não era adornado por correntes, cordões de couro ou colares de concha. Tudo que usava era um relógio, um daqueles grandes e à prova d'água. Decidi que o look sem joias lhe caía bem.

— Então — disse ele levantando as sobrancelhas e ainda parecendo curioso —, o que você queria me contar?

O que havia de errado comigo? Por que eu não conseguia parar de encará-lo? Estava agindo como uma daquelas garotas apaixonadas idiotas que ficavam em volta do meu irmão na academia. Só que sem ficar rindo. O que era ridículo, porque eu *não* estava apaixonada por Tommy Sullivan. Na verdade, odiava Tommy Sullivan.

E isso me lembrou.

— O que você estava fazendo hoje no escritório do sr. Gatch no prédio da *Gazette*? — perguntei quando finalmente consegui me controlar o suficiente.

— Foi por *isso* que você ligou? — perguntou Tommy incrédulo.

— Não — disse eu.

De repente eu estava vermelha. Para que ele não notasse, soltei o grampo que prendia meu rabo de cavalo, depois abaixei a cabeça para que meu cabelo ondulado caísse sobre o rosto. Então corri para me encostar no Jeep ao lado dele, para deixar que visse apenas meu perfil.

— Só quero saber o que você estava fazendo lá. É por isso que você está de volta à cidade, Tommy? Porque está escrevendo algum tipo de matéria para o sr. Gatch?

— O que o sr. Gatch falou — perguntou Tommy — quando você perguntou para ele?

Fiquei ainda mais vermelha. Como ele sabia disso?

Só que eu sabia como. Tommy me conhecia. Bem demais até.

Mantive o olhar no asfalto, nos pequenos pedaços que brilhavam sob a luz da rua.

— Que isso não era da minha conta.

— Aham — disse Tommy dobrando os braços novamente. — E o que isso diz a você?

— Que não é da minha conta — falei com raiva.

— Bem — disse Tommy, encolhendo os ombros —, é isso aí, então.

Eu tinha me esquecido disso sobre ele. Como era frustrante a forma como ele era teimoso. O que é uma surpresa (eu ter esquecido), porque foi essa teimosia, acima de tudo, que nos levou àquela bagunça toda.

— Tommy, *pense* no que você está fazendo, o que quer que seja. Não faça nada para fazer as pessoas odiarem você.

— Como posso fazer isso? — perguntou Tommy rindo. — Todo mundo em Eastport já me odeia. O que eu poderia fazer para me odiarem ainda mais?

— Eu não sei — falei, me virando na sua direção, sem ligar mais que ele visse meu rosto corado. — Mas, Tommy, você deveria saber... Eric falou para todo mundo que você voltou para a cidade, e Seth... Seth não ficou feliz.

— Imaginei que não fosse ficar — disse Tommy com um sorriso que só podia ser chamado de cínico.

— Tommy, eu estou falando *sério* — falei, esticando uma das mãos para encostar no braço cruzado de Tommy, apenas para fazê-lo perceber como eu estava falando sério, não porque quisesse tocá-lo. — Sidney disse que não ficaria surpresa se eles estivessem planejando algo. Seth e Dave e o resto do time. Algo como... como um corredor polonês.

Mas Tommy, ao invés de ficar horrorizado, apenas jogou a cabeça para trás e riu.

Fui eu que fiquei horrorizada com a reação dele.

— Tommy, não acho que a Sidney estivesse de brincadeira! — gritei. — Você precisa tomar cuidado. Eu acho que vai ficar tudo bem se, como disse, você ficar na sua. Mas o que quer que esteja fazendo na *Gazette*... sério, Tommy. Apenas pare. Principalmente se isso vai deixá-los ainda mais irritados do que já estão.

— Você é demais — disse Tommy quando parou de rir tempo suficiente para voltar a falar, balançando a cabeça e rindo de mim. — Você realmente é.

— Tommy.

Talvez ele não entendesse a gravidade da situação. Coloquei a outra mão no braço dele e me levantei para olhar nos seus olhos muito sinceramente, tentando não notar que eles pareciam estar da cor do sol, para fazê-lo perceber que eu não estava brincando.

— Esse é o fim de semana do festival do quahog... o último fim de semana antes de as aulas começarem novamente. Você se lembra do que acontece nesse fim de semana. Certo?

Ele olhou para minhas mãos um pouco sem entender. Eu estava muito perto dele também. Perto o suficiente para meus peitos ficarem muito próximos das minhas mãos.

— De que você está falando? — disse eu, balançando a cabeça. — Eu posso mentir muito... isso é verdade. Mas para outras pessoas. Não para mim mesma.

— Ah, é? — disse ele parecendo surpreso com algo. — *Pelicanos*, Katie?

— O que tem? — falei encolhendo os ombros. — Qual é o problema se eu gosto de tirar fotos de pelicanos? O que isso prova?

— Que você está apenas tentando dar às pessoas aquilo que você acha que elas querem. Não é o que *você* quer.

Por que eu tinha a impressão de que nós não estávamos falando de pelicanos, na verdade? O negócio é que eu não sabia sobre o que ele estava falando. Pior, eu nem ao menos ligava. Porque tudo o que eu queria fazer era beijá-lo mais.

— As pessoas gostam de pelicanos — balbuciei, porque foi a única coisa em que consegui pensar para falar.

— É — disse Tommy. — As pessoas gostam. Assim como as pessoas gostam de quahogs. Mas *você* não gosta. As pessoas amam Seth Turner. Mas você não ama. Eu acho que o problema com você, Katie, é que você andou tão ocupada nos últimos anos dando às pessoas o que pensa que elas querem, que não parou para pensar no que *você* quer.

Olhei para a boca dele. Eu não fazia ideia do que ele estava falando. Eu sabia *totalmente* o que eu queria. Pelo menos, naquele exato momento.

— Ou talvez você tenha pensado — disse Tommy com um sorriso, aparentemente notando a direção do meu olhar —, e isso assusta você.

— Iss... isso... — gaguejei — isso é ridículo!

— É? Talvez. Ou talvez o problema seja que você nunca suportou desapontar as pessoas, e terminasse com Seth, isso desapontaria um monte de gente... especialmente Seth. Então está fazendo tudo que pode para fazer com que ele termine com você. Só que não está funcionando.

— Haha — ri. — Isso é engraçado! Não, sério, isso é hilário. Você acha que eu quero que o Seth descubra sobre mim e o Eric?

— Exatamente — disse Tommy. — Só que ele não é inteligente o suficiente. Sério, Katie, o problema todo é o quanto você não está satisfeita com você mesma.

Eu puxei minha cabeça para a mecha desenrolar do dedo dele e voltar para meu rosto.

— O que você quer dizer? — perguntei. — Gosto de mim mesma. Eu gosto muito de mim mesma. *Demais* até, talvez — acrescentei depois de um segundo pensando sobre a Princesa Quahog e como a Sidney e eu tínhamos certeza de que íamos vencer.

— Eu acho que não — disse Tommy balançando a cabeça. — Eu vi suas fotos, lembra?

Eu olhei para ele sob a luz da rua:

— Qual é o problema com as minhas fotos?

— Você é uma grande fotógrafa — admitiu Tommy —, mas como o sr. Bird disse, você é melhor tirando fotos de pessoas do que de qualquer outra coisa. Eu acho que é porque você entende as pessoas... e não as julga. É *a si mesma* que você parece não entender... ou é consigo mesma que você não é totalmente honesta.

— Tinha. Por quê? Você ficaria mais interessada em mim se eu tivesse uma namorada para que você pudesse se divertir tentando me roubar dela?

— Não sou desse tipo — disse, tentando me desvencilhar dele.

Mas ao mesmo tempo, uma parte mais forte de mim queria ficar exatamente onde eu estava. Para sempre.

— Eu não roubo namorados de outras pessoas.

— Certo — disse Tommy com uma risada. — Você só trai seu próprio namorado.

— Não consigo me controlar — protestei.

Embora soubesse que se Seth tivesse me beijado da forma como Tommy me beijou ao menos uma vez, eu nunca teria olhado duas vezes para Eric. Ou para Tommy.

E então admiti uma coisa terrível... algo que nunca admiti para ninguém antes. Ninguém que não fosse eu mesma:

— Eu só... eu só acho que não gosto dele o suficiente para isso.

— Não acho que isso tenha a ver com o quanto você gosta ou não gosta de Seth — disse Tommy, enrolando no dedo um cacho do meu cabelo. — Acho que tem a ver com o fato de que você o quis por muito tempo, e então conseguiu, e percebeu que ele não era tão maravilhoso assim no fim das contas. Mas você não podia terminar com ele, porque é Katie Ellison, a garota mais inteligente da turma. Terminar com Seth significaria admitir que cometeu um erro. E a geniozinha Katie Ellison não comete erros.

se praticado aquele beijo ou algo assim, para você ter uma ideia de como foi bom.

E enquanto ele continuava me beijando, e eu continuava beijando ele de volta, me ocorreu que era realmente verdade... Tommy Sullivan realmente *era* esquisito.

Mas, tipo, da melhor forma que um cara podia ser.

E então, simplesmente tão de repente quanto começou a me beijar, Tommy parou, afastando a boca da minha — mas sem tirar os braços de minha volta — e me olhou. Como eu estava empoleirada no capô do Jeep, nossos olhos estavam exatamente da mesma altura, pelo menos uma vez. Eu olhei bem para ele, meus lábios deliciosamente machucados e tremendo, minha respiração ainda ofegante.

Mas não tão ofegante quanto a dele.

— Nem tente me contar que você aprendeu a fazer isso na escola militar — falei de forma acusatória quando consegui falar novamente.

Tommy riu. Mas sua voz estava tão fraca quanto a minha quando ele respondeu:

— Eu disse. Era para meninos e meninas.

— Ah, sim.

Mas essa informação não foi muito reconfortante. Sério, Tommy tinha que ter beijado um monte de garotas para aprimorar sua técnica de amasso de forma tão perfeita. Minha cabeça estava rodando tanto que eu não conseguia parar de gaguejar.

— Então você tem... você tem uma namorada?

Ele levantou as sobrancelhas.

E então Tommy Sullivan estava me beijando, como eu nunca havia sido beijada na vida. O que era ridículo, porque é claro que eu tinha sido beijada centenas de vezes.

Mas de alguma forma, nunca exatamente daquele jeito, por alguém que parecia sentir que tinha todo o tempo do mundo para fazer aquilo... o negócio é que Tommy Sullivan estava me beijando mais intensamente do que eu tinha sido beijada antes, e isso me fazia sentir seu beijo desde o topo da minha cabeça até a planta dos pés, e em todos os lugares no meio. Ele não estava nem mesmo me tocando — a não ser seus lábios, e onde seu corpo estava encostado ao meu, o que me fazia sentir a frente do Jeep nas minhas costas.

Mas era como se ele não precisasse me tocar. Cada pequena terminação nervosa do meu corpo parecia estar pegando fogo. Era como beijar uma descarga elétrica ou algo assim. Eu me sentia como se fosse explodir.

E imagino que Tommy deva ter sentido algo na mesma linha, porque depois de um minuto cuidadosamente sem me tocar, de repente seus braços me envolveram e, em vez de sentir a frente do Jeep contra as minhas costas, ele me levantou e eu sentei sobre o capô, e ele estava meio que entre minhas pernas. Eu já tinha passado meus braços ao redor do pescoço dele. Isso era tudo o que eu podia fazer para evitar passar também as pernas em volta da cintura dele.

Tudo em que eu conseguia pensar era: *Agora, isso é um beijo de verdade*. Seth nunca tinha me beijado daquele jeito antes. Nem Eric. Era quase como se Tommy tives-

E eu me virei para ir embora.

E, exatamente como eu esperava que ele fizesse, ele esticou o braço e pegou meu pulso.

Só que em vez de apenas me impedir de ir até minha bicicleta, Tommy continuou segurando. A próxima coisa de que me lembro é ele me girando até eu ficar de costas para o Jeep...

...e era ele que estava inclinado sobre mim, com as mãos sobre o capô, um braço de cada lado e o rosto a centímetros do meu.

— Não acho que eu sei de tudo — disse para mim com sua voz grave, os olhos fixos nos meus com uma intensidade que estava fazendo meu coração disparar, de uma maneira agradável.

— Não?

Eu não fazia ideia do que estava falando. Tudo que conseguia pensar era: *Ele vai me beijar. Eu sei disso. Ele vai me beijar*, enquanto uma parte destacada do meu cérebro imaginava por que, se eu realmente o odiava tanto quanto vivia dizendo a mim mesma, estava tão excitada com aquilo.

— Não — disse Tommy.

Ele não estava sorrindo nem um pouco agora. Não existia nem uma ponta de humor nos seus olhos dourados.

— Porque se eu soubesse de tudo, teria descoberto que tipo de jogo você acha que está jogando nesse momento.

— Eu não estou jogando — protestei.

Mas a palavra *jogando* mal tinha saído dos meus lábios quando a boca de Tommy veio sobre a minha.

— Você tem certeza de que se sente mal por como me tratou? — quis saber Tommy.

Sua voz ainda soava sarcástica. Mas também um pouco curiosa.

— Ou você se sente mal porque eu a peguei traindo seu namorado, e está com medo que eu conte para ele?

— Você pode contar a ele o que quiser — falei, encolhendo os ombros. — Eric e eu terminamos essa tarde.

Uma olhada para cima — por entre meus cílios, claro — me mostrou que Tommy tinha levantado as sobrancelhas como sinal de surpresa. Olhei novamente para baixo, rápido, mantendo o foco nos pelos do braço dele que eu estava acariciando.

— Você terminou? — disse Tommy com uma voz não tão segura quanto antes, mas mesmo assim sem perder nem um pouco do sarcasmo. — Deus, espero que não tenha sido por minha causa. Eu odiaria saber que me meti entre você e o cara com quem você estava traindo seu namorado.

Ofendida (como ele podia fazer piada num momento como aquele, quando eu estava em seus braços... bem, praticamente?), tirei minhas mãos dele e disse num tom sério:

— Não fique se achando, Tommy. Não teve nada a ver com você. E quer saber mais? *Desculpe* ter ligado para você hoje. Ou para sua avó. O que seja. Vamos apenas fingir que eu não liguei. Eu espero que Seth e aqueles caras realmente te peguem no corredor polonês e batam em você com um taco de beisebol. Talvez assim você finalmente perceba que não sabe de tudo.

Então talvez não fosse exatamente para minhas mãos que ele estava olhando.

— Hum — disse ele.

— Esse é o fim de semana em que os Quahogs fazem tudo o que podem e não podem antes de os treinos com o treinador Hayes começarem de verdade — lembrei a ele. — No ano passado tudo o que aconteceu foi algumas pessoas perderem suas caixas de correio, porque o time as destruiu com bastões de beisebol das janelas dos carros. Mas esse ano, Tommy... pode ser que eles queiram destruir você com tacos de beisebol.

O olhar de Tommy passou dos meus peitos para os meus olhos. Eu estava imaginando se ele tinha percebido que eu tinha dado mais um passo para perto dele, e agora nossos rostos estavam separados por uma distância muito pequena. Um de meus joelhos, na verdade, estava encostando no dele.

— Sua preocupação com meu bem-estar — disse ele — é comovente.

— Estou falando sério, Tommy. Eu me sinto mal por... bem, por como as coisas degringolaram entre a gente quatro anos atrás.

— Você se sente mal — repetiu ele, dessa vez era ele que estava lambendo os lábios.

— Aham — disse eu.

Ele tinha um monte de cabelos louros no braço. Não consegui não fazer um pouco de carinho com meus dedos. Apesar de me odiar por fazer isso. Muito.

— Por como eu tratei você.

— Eu não estou assustada — disse a ele com certeza. E pelo menos dessa vez eu não estava mentindo.

E então, para minha grande satisfação, ele começou a me beijar de novo. Não tenho muita certeza de quanto tempo teríamos ficado ali naquele estacionamento nos beijando — ou talvez mais do que beijando, considerando a rapidez com que as coisas estavam se desenrolando — se eu não tivesse notado, por trás das minhas pálpebras, uma luz que era muito mais forte que a luz da rua, que estava sobre nós.

E então eu abri meus olhos e notei um carro que tinha acabado de parar no estacionamento do Gull'n Gulp.

Um carro com uma Sidney van der Hoff muito surpresa atrás do volante.

Quatorze

Meus pais ainda estavam acordados quando cheguei em casa. Aparentemente, esperaram acordados especialmente por mim.

— Oi, querida — disse minha mãe, abaixando o exemplar da *Realtor Magazine* que estava lendo na cama, enquanto meu pai ficava trocando entre os vários canais da ESPN procurando os resultados do golfe. — Como foi seu dia?

— Hum... — falei, sem ter certeza absoluta de como responder àquela pergunta.

Além disso, eu ainda estava meio aérea por causa dos beijos de Tommy Sullivan. E por causa do que aconteceu logo depois de ele me beijar.

— Foi bom.

Bem, o que mais eu poderia dizer? *Não tão bom, mãe. Eu terminei com o cara com quem eu ando ficando escondida do meu namorado e comecei a ficar com outro cara*

— *um que a cidade inteira odeia e que eu acho que quer arruinar minha vida.*

Só que a minha melhor amiga me pegou no flagra, então agora ele não precisa se preocupar mais.

— A Sidney ligou — disse meu pai, sem tirar os olhos da tela da televisão. — Duas vezes.

— Ah — disse eu —, obrigada.

— Por que ela está ligando para o telefone de casa? — quis saber meu pai. — Você esqueceu de carregar seu telefone outra vez?

— Hum...

Não havia necessidade de contar a ele a verdade — que eu estava mandando todas as ligações da Sidney direto para a caixa de mensagens desde que ela começou a ligar, aproximadamente três segundos depois de sair do estacionamento, depois de ver Tommy Sullivan e eu nos beijando no capô do carro dele.

Sério, ela nem disse uma palavra. Ela apenas deu ré no Cabriolet e saiu a toda velocidade.

Depois começou a me ligar, imediatamente.

Mas se Sidney achou que eu ia realmente atender, entendeu errado, com certeza. Não porque eu tivesse voltado a beijar Tommy, mas porque tinha percebido imediatamente a gravidade do que estava fazendo e o havia empurrado, descido do capô do carro dele e corrido para minha bicicleta.

— Katie — disse ele, vindo atrás de mim.

— Vá embora! — gritei, tentando soltar minha bicicleta, mas estava difícil acertar a combinação com os dedos tremendo tanto quanto os meus estavam.

— Katie — disse Tommy se encostando no gerador de emergência, olhando para mim —, por favor. Nós precisamos conversar

— De jeito nenhum — disse eu.

Eu estava furiosa por perceber que minha voz também estava trêmula também. O que havia de errado comigo? Quer dizer, eu sei que eu gosto de beijar garotos e tudo mais. Mas *Tommy Sullivan*?

— Você tem a mínima ideia de quem era aquela? A mínima ideia?

— Era Sidney van der Hoff — disse Tommy. — Eu sei, eu a vi ontem na praia com você, lembra?

— Isso mesmo — falei, finalmente conseguindo tirar a corrente —, e em mais ou menos cinco segundos a cidade toda vai saber que eu estava ficando com você no estacionamento do Gull'n Gulp.

— Bem, talvez seja melhor assim — disse Tommy com muita coragem. — Quer dizer, não era como se você e o Seth fossem ganhar o prêmio de casal do ano de qualquer forma.

— Mas eu não queria que ele descobrisse *dessa* forma! — gritei.

— Talvez Sidney vá guardar isso para ela — disse Tommy.

— Ah, claro! Do que você está falando? É a Sidney van der Hoff!

— É, mas ela não é sua melhor amiga? — disse Tommy parecendo totalmente calmo com tudo aquilo. — Eu sempre achei que melhores amigos se defendessem.

— É a *Sidney van der Hoff*! — gritei novamente.

Será que ele não entendia? Nós estávamos mortos. Correção: *eu* estava morta. Ninguém ia pensar nada sobre ele me beijar. Já o fato de eu estar beijando ele? Todos iam me odiar. Não me sobraria um único amigo em toda a cidade.

Que forma de começar meu último ano.

— Era isso que você queria o tempo todo, não era? — falei para ele enquanto tirava minha bicicleta do bicicletário. — Foi por isso que você voltou. Para se vingar de mim, arruinando minha vida!

— O quê?

Ele teve coragem de soltar um risinho incrédulo.

— Você está falando sério?

— É claro que eu estou falando sério! E agora você vai simplesmente ir embora, não vai? Você nunca pretendeu ficar por aqui depois que tivesse feito seu estrago, né? Nem tente negar, Tommy.

Ele apenas balançou a cabeça:

— Katie, do que você está falando?

— Você *sabe* do que eu estou falando — disse, colocando o capacete de qualquer jeito. — Deus, não posso acreditar que fui tão estúpida. Não posso acreditar que eu deixei você fazer isso comigo!

— Fazer o que com você? — perguntou Tommy começando a parecer zangado. — Eu não me lembro de ter feito nada com você. Você estava me beijando também. E de maneira muito entusiasmada, devo acrescentar.

Fiquei tão furiosa que nem fui capaz de responder. Apenas comecei a pedalar. Quase escorreguei na calçada passando por ele, mas me recuperei no último segundo e segui em frente enquanto ele gritava:

— Katie! Espere!

Pensei que tivesse me livrado dele. Eu estava pedalando *muito* rápido.

Mas no sinal de PARE logo antes da Post Road eu percebi que ele estava me seguindo. *Me seguindo*. Ostensivamente, para se assegurar de que eu ia chegar em casa bem, como tinha feito na noite anterior.

Mas quem sabe se aquela era mesmo a sua motivação. Talvez ele tenha me acompanhado de carro para se assegurar de que o que ele tinha feito comigo realmente tinha funcionado. Talvez ele apenas quisesse ter certeza de que a minha humilhação fosse completa.

Foi exatamente isso o que pareceu quando eu embiquei na minha casa e ele parou o carro em frente ao jardim e saiu do Jeep dizendo com uma voz impaciente:

— Katie, isso é estúpido. Você está exagerando. Katie, espere...

Mas eu apenas joguei a bicicleta — em vez de levá-la para a garagem — e disse para ele me deixar em paz com uma voz que eu esperava que fosse dramática o suficiente para acordar a sra. Hall na casa vizinha. Com alguma sorte ela chamaria a polícia. Ser preso era o mínimo que Tommy merecia.

Então corri para dentro de casa.

Onde encontrei meus pais calmamente lendo e vendo televisão.

— Como foi o ensaio da Princesa Quahog? — perguntou minha mãe animada.

— Tudo bem.

Será que Tommy ainda estava do lado de fora? Ou será que já tinha ido? O que ele queria de mim, no fim das contas? Quer dizer, de verdade?

E onde ele aprendeu a beijar daquele jeito?

— Querida — disse minha mãe, curiosa —, você está bem?

Desviei o olhar da tela da televisão, para a qual eu estava olhando sem ver nada:

— O quê? Sim, estou bem. Eu disse que estava bem.

— Você não parece bem — disse minha mãe. — Você está agitada. Ela não parece agitada, Steve?

Meu pai me olhou:

— Ela parece agitada.

Então ele olhou de volta para a TV, onde Tiger Woods estava recebendo um prêmio ou algo assim.

— Eu não estou agitada — falei —, estou bem. Só estou cansada. Eu vou para a cama. Tenho um dia longo amanhã.

— Nós todos temos — disse minha mãe balançando a cabeça. — Você com o concurso, Liam com o teste para os Quahogs. E seu pai e eu temos três casas para mostrar. Vai ser um dia e tanto!

Ela não tinha ideia. Especialmente quando as notícias sobre com quem eu estava ficando no estacionamento do Gull'n Gulp se espalhassem.

Eu só esperava que o negócio dos meus pais não sofresse. Quer dizer, o ramo imobiliário já estava fraco, mesmo em lugares que atraem turistas como Eastport. Se as pessoas soubessem que a filha dos donos da Ellison Properties tinha sido vista em situação comprometedora com Tommy Sullivan, o trabalho deles poderia ficar ainda mais difícil.

Dormir aquela noite foi impossível, claro. A única vez que eu realmente precisava dormir, para poder ficar com uma aparência boa para o concurso. Mas eu simplesmente não conseguia me desligar. Fiquei lá deitada a noite toda, sem conseguir parar de pensar no que tinha acontecido. Não tanto sobre a hora em que vi o rosto da Sidney, parecendo tão surpresa por trás do volante. Mas sobre a parte em que eu beijei Tommy Sullivan.

E que gostei disso.

Eu realmente, realmente gostei daquilo.

Como uma coisa desse tipo era possível? Quer dizer, Tommy era o cara contra quem eu sempre competi na escola para ser a melhor da turma... um cara que, por causa daquela competição, acabou virando (meio que) um amigo. Não um amigo sobre o qual eu tenha contado para os meus amigos *verdadeiros* (como a Sidney). Mas mesmo assim um amigo.

Um amigo que eu horrivelmente, terrivelmente, traí.

E, tudo bem, ele acabou se tornando um gato.

Mas isso não era desculpa para o fato de eu ter basicamente me jogado em cima dele.

E sim, eu sei que tinha duas pessoas naquele estacionamento. Mas vamos dizer a verdade, eu era a única que estava flertando. *Você tem que tomar cuidado, Tommy. Eu não quero que eles machuquem você, Tommy.* E o carinho que eu fiz nos pelos do braço dele? Ah, meu Deus, eu tenho nojo de mim. O que há de *errado* comigo?

Só que não foi totalmente minha culpa. Quer dizer, talvez tenha sido minha culpa que nós tivéssemos começado a nos beijar. Mas foi ele que me fez querer continuar beijando. Ele não tinha que me beijar tão... satisfatoriamente. Quer dizer, até o ponto onde eu não conseguia mais parar de beijá-lo. Isso foi só culpa dele. Nenhum cara devia beijar uma garota daquela forma. Não sem saber no que está se metendo.

E aposto toda a grana que eu devo por minha Leica que ele não sabia.

A não ser que ele soubesse. A não ser que a razão por que ele praticou aquele beijo foi que sabia. Não com outra garota ou com o travesseiro, ou o que quer que seja, mas na mente dele. Porque era isso que parecia. Que Tommy Sullivan tinha me beijado daquela forma antes, só que na sua imaginação.

Mas aquilo era loucura. Tommy Sullivan não tinha passado os últimos quatro anos desde a última vez que eu o vi apenas pensando em mim. Devo admitir que tenho uma opinião muito boa sobre mim mesma, mas não é assim *tão* boa.

Não, Tommy Sullivan era apenas um cara que beijava muito, muito bem.

E é uma boa coisa que a única razão para ele estar interessado em mim é querer se vingar do que lhe fiz no nono ano. Porque se ele gostasse mesmo de mim, eu estaria enrascada. Quer dizer, ele é esperto, lindo, sabe que eu odeio quahogs e não usa isso contra mim, e ele me segue quando vou de bicicleta para casa à noite para se assegurar que eu chegue com segurança... poderia existir um cara mais perfeito?

Ah, meu Deus! Eu não posso acreditar que eu pensei isso de *Tommy Sullivan*.

E o que foi todo aquele negócio de ele falar que eu tenho medo de terminar com Seth porque eu não gosto de admitir que cometi um erro? Será que existe teoria mais ridícula?

E não gostar de mim mesma? Não gostar de mim mesma? Eu me AMO! Estou concorrendo a Princesa Quahog, não estou?

Obviamente, com coisas como essas na cabeça, dormir foi impossível. Bem, quase. Devo ter apagado em algum momento, porque quando eu abri meus olhos novamente, um sol forte estava entrando pelas minhas janelas...

... e Sidney van der Hoff estava de pé ao lado da minha cama, se debruçando sobre mim e dizendo:

— Katie. Katie. Acorde. *Acorde.*

Eu me levantei rápido, minha visão ficou turva e eu deitei de novo gemendo.

— Meu Deus — disse Sidney, se sentando na cama ao meu lado —, qual é o problema com você? Você está parecendo uma caçarola de quahog que esquentaram no micro-ondas. Isso é creme para espinha no seu rosto ou... ah, é pasta de dente. Meu Deus! Que tal um banho?

— Sidney — falei, querendo muito colocar um travesseiro sobre a cabeça.

Mas eu não podia. Porque fazer isso não a faria ir embora. Ou mudaria o que ia acontecer.

— Sobre ontem à noite. O que você viu...

— É, realmente — disse Sidney.

Ela estava de cabelo liso com uma faixa branca. E estava vestindo uma camisa branca de botões e jeans com lantejoulas rosas costuradas nos bolsos. No ombro tinha uma bolsa Marc Jacobs rosa, e nos pés, chinelos cor-de-rosa. Como isso, para Sidney, era um traje extremamente casual, fiquei imaginando onde ela estava indo. Ou será que esse era o traje que ela escolheu para dar um pé na bunda de sua melhor amiga?

— Eu liguei para você umas cinquenta milhões de vezes. Você não recebeu nenhuma das minhas mensagens?

— Eu desliguei meu telefone — disse de mau humor. — Quem deixou você entrar?

— Liam — disse Sidney olhando as próprias cutículas —, quando estava saindo para o teste dos Quahogs. Eu nunca vi ninguém tão animado. Então. Você vai me contar o que aconteceu ontem à noite, ou eu tenho que tirar essa informação à força?

— Sidney — falei.

Como eu ia mentir para me livrar daquela? Eu realmente não achava que houvesse uma forma de fazer aquilo funcionar sem sair parecendo a garota que traiu o namorado com seu inimigo mortal.

Se desse para chamar beijar de trair, o que, tecnicamente, eu estou começando a ter certeza absoluta de que é. De alguma forma.

Mas antes que eu pudesse falar alguma coisa, Sidney continuou:

— Eu só passei no Gulp ontem à noite porque Dave estava na casa da avó e imaginei que você ia estar com Seth na picape dele. Queria ver se vocês topavam comer algo no DQ. Não pensei que fosse achar você *dando uns pegas num outro cara*.

Eu não consegui me segurar. Peguei um travesseiro e botei sobre a cabeça. Era esse o tamanho da minha vergonha.

Embora não tenha certeza de que vergonha seja a palavra correta para aquilo. Porque quando a Sidney usou a expressão *dar uns pegas*, a lembrança dos lábios de Tommy contra os meus voltaram à minha mente, e como eram boas essas lembranças. Eu podia sentir que estava começando a corar. Não porque estivesse com vergonha por ela ter nos visto, mas por causa do quanto eu tinha realmente, realmente gostado daquilo.

— Desculpe — falei de trás do travesseiro —, eu não sei o que aconteceu comigo! Era como se eu não pudesse fazer nada! Ele é simplesmente tão... lindo! Quer dizer, foi você que deu o alerta de gato quando ele passou!

Para minha surpresa, Sidney nem tentou negar isso. O que me deixou atônita, por causa da forma como ela se preocupa com sua reputação nas ruas, mesmo que as únicas ruas onde ela se aventure sejam as de Eastport... e a quinta avenida em Nova York, claro, mas só entre a 56th (Bendel's) e a 50th (Saks).

— Eu censurei você? — Sidney quis saber. — Não. Eu entendo perfeitamente. Mas o que você vai fazer a respeito do Seth? Ele vai descobrir. Quer dizer, essa é uma cidade pequena.

Eu não tinha certeza se tinha ouvido corretamente, então tirei o travesseiro do rosto.

— Espere — disse eu. — Você disse que *entende*?

— É claro que eu entendo — disse Sidney fungando —, aquele é um belo exemplo do homem americano moderno. Como você poderia ter resistido? Eu não teria conseguido resistir, no seu lugar.

Meu coração se aqueceu. De repente, senti que gostava mais da Sidney do que nunca em todos os nossos anos de amizade. É verdade que ela tem mania de julgar as pessoas, é muito superficial e uma grande fofoqueira.

Mas ela também pode ser a mais legal das amigas. Como na vez em que eu entrei num concurso de fotografias da *Parade Magazine* e não ganhei, e ela me levou na Serendipity na cidade e dividiu um frozen de chocolate quente comigo, e em nenhum momento apontou — como outras pessoas poderiam ter feito — que talvez o motivo de eu não ter ganho fosse não gostar de mim mesma ou não me entender. Nem disse em nenhum momento a quantidade de calorias que estávamos ingerindo.

E agora isso.

— Ah, Deus — falei, alívio passando pelo meu corpo como água gelada depois de andar de bicicleta em um dia quente. — Sidney, você não tem ideia. Não posso te dizer como eu estava preocupada. Fiquei acordada a noite toda *enlouquecendo*, pensando no que você ia dizer...

— Está brincando? — disse Sidney, chocada. — Por que eu ia me preocupar com quem você beija no seu tempo livre? Para dizer a verdade, eu estou um pouco aliviada. Quer dizer, é bom saber que você é um ser humano de verdade para variar.

Eu olhei para ela.

— Do que você está falando?

— Bem, algumas vezes parece que você é perfeita ou algo assim.

Agora eu estava olhando de cara feia para ela:

— O quê?

— Bem, é verdade. Quer dizer, você é boa demais em tudo... na escola, essa coisa de fotografia. Todos gostam de você... mesmo os pais. Você não bebe, não fuma. Você nem mesmo transa. E apesar disso, Seth não deu um fora em você ainda.

Eu já estava gostando um pouco menos dela.

— Caramba — disse eu. — Obrigada, Sidney.

Ela encolheu os ombros.

— Enfim. Eu estou apenas dizendo o que vejo. A não ser por essa coisa de ficar enjoada com movimento, você é a Pequena Miss Perfeita. Apesar disso, você sabe, é melhor não deixar Seth saber sobre o sr. Acampamento, ou ele vai desfigurar a cara do rapaz. E isso seria um desperdício. Agora, vamos, levante. Temos hora para fazer o cabelo e as unhas no Spa-by-the-Sea, lembra?

Mas em vez de me levantar, eu apenas fiquei olhando para ela.

— Senhor... você chamou ele de quê?

— O quê? — disse Sidney, que tinha levantado da minha cama e estava olhando para o seu reflexo no espelho da minha penteadeira. — Sr. Acampamento? Não foi assim que você o conheceu? Você disse que ele era um cara que seu irmão conhecia do acampamento. Ah, meu Deus, isso é um cravo? Ah, não, só uma mancha de rímel. Graças a Deus. Vamos logo, Katie.

Quinze

Ela não sabia. Eu não podia acreditar naquilo. Mas ela realmente não sabia.

Bem, por que ela saberia? Ela tinha me visto beijando um cara no estacionamento do Gull'n Gulp, que eu lhe dissera que tinha ido para o acampamento com meu irmão. É claro que ela não sabia que aquele cara era Tommy Sullivan.

Porque, da última vez que ela viu Tommy Sullivan, ele era trinta centímetros mais baixo e... bem, nada gato. E porque eu tinha mentido para ela sobre a identidade verdadeira dele na praia no outro dia.

Mais uma vez, fui pega na teia das minhas próprias mentiras.

Mas isso não significava que eu ia dar todas as informações sobre ele para Sidney. Quer dizer, eu não sou idiota. Se ela acreditou que o cara que tinha visto comigo era apenas um cara qualquer que nós tínhamos visto na praia, quem era eu para fazê-la pensar outra coisa? Para mim estava tudo bem.

E, certo, eu sabia que em algum momento ela ia acabar descobrindo. Se Tommy não estivesse mentindo sobre se matricular na Eastport High, Sidney ia com certeza perceber quem ele realmente era quando as aulas começassem.

E, sim, ela ia ficar irada comigo por enganá-la.

Mas talvez eu pudesse me livrar disso de alguma forma. Talvez eu pudesse dizer:

— Ah, espere, aquele cara? Ah, sim. Aquele é Tommy Sullivan. Eu pensei que você tivesse falado do *outro* cara...

É. Tudo bem. Provavelmente não. Eu estava ferrada.

Mas, até Sidney perceber, eu ia apenas deixar as coisas como estavam. Porque eu tinha muito mais com que me preocupar além do fato de que minha melhor amiga achava que eu ia ficar beijando um cara que eu mal conhecia em cima do capô do carro dele em um estacionamento.

Como, por exemplo, o que eu ia fazer em relação a Tommy.

Porque não tinha como eu deixá-lo se sair bem daquilo. Ele não podia simplesmente voltar para a minha vida e destruí-la por causa de algo que fiz a ele *quatro anos atrás*, quando nós dois éramos ainda basicamente crianças e não podíamos, tecnicamente, ser considerados responsáveis por nossos atos. Nã-não. De jeito nenhum. Não vou deixar isso acontecer.

Mas como eu vou impedi-lo?

Era isso que eu estava perguntando a mim mesma enquanto eu e Sidney nos embelezávamos no Spa-by-the-

Sea. A sra. van der Hoff tinha nos dado cupons para fazer uma massagem de corpo inteiro, bronzeamento artificial, limpeza de pele, manicure, pedicure, maquiagem e cabeleireiro antes do concurso. Isso foi muito legal da parte dela.

Teria sido ainda mais legal se ela não tivesse insistido em ir junto para comentar tudo que nós fazíamos.

— Você tem certeza de que quer uma francesinha, Sid? Você sabe como pode ficar brega se a linha não for bem fina.

Ou:

— Você realmente acha que deve usar seu cabelo solto, Katie? Ficaria tão bonito com apenas algumas mechas caindo aqui e ali.

Ainda assim, era legal ela se interessar. Não que minha própria mãe não se interesse. Ela é apenas muito ocupada com o trabalho, algo com que a mãe da Sidney, que não trabalha, não tem com que se preocupar.

E eu tenho que admitir que a presença dela impediu que a Sidney me fizesse perguntas desconfortáveis, como:

— Então, qual é o nome do cara do estacionamento?

E:

— Quando você vai vê-lo de novo?

E:

— O sr. Gostosão sabe que você tem um namorado? Que é do time de futebol americano? E não é qualquer time de futebol americano, mas os *Quahogs*?

Não foi por que a Sidney iria deixar de me botar em situações constrangedoras na frente da mãe dela. Ela simplesmente não conseguia falar. O único momento em que a mãe da Sidney parou de falar foi quando eu estava debaixo do secador de cabelo — e foi só porque eu não conseguia ouvi-la com todo aquele ar quente soprando em volta de mim. Usei a oportunidade para decidir o que ia fazer sobre Tommy. Que foi... evitá-lo. Eu tinha que fazer isso. Não havia outra escolha. Era óbvio que eu não podia encontrá-lo e não me jogar em cima dele.

E agora que eu realmente tinha provado o néctar doce que é o beijo de Tommy Sullivan (brega... mas é verdade), sabia que ia ser ainda mais difícil resistir.

Mas eu ia ter que me segurar (hum, e segurar minhas roupas) e resistir. Porque eu tinha *muita* coisa em jogo.

Então eu ia fazer tudo que pudesse para não encontrá-lo. Se ele ligasse para o meu celular, eu não atenderia (graças a Deus nunca dei meu número para ele, aliás). Se ele ligasse para minha casa, eu diria para quem quer que tivesse atendido ao telefone para dizer que eu estava no banho. Se o visse na rua, viraria e iria na direção oposta. Se encontrasse com ele no Gull'n Gulp, faria Shaniqua atender sua mesa. Se encontrasse com ele em qualquer outro lugar, ia me esconder ou sair.

Eu não tinha certeza sobre o que eu faria se ele acabasse em alguma das minhas aulas na escola. Ignorá-lo completamente, eu acho.

E talvez... apenas talvez... se eu fizesse tudo aquilo, e ninguém espalhasse que fui vista ficando com ele (porque a Sidney ia acabar juntando as peças algum dia — ela não é *tão* idiota), eu podia simplesmente negar. Podia dizer que a Sidney inalou muitos vapores do removedor de esmalte e viu coisas.

Poderia funcionar. Eu posso ser uma mentirosa. Mas não necessariamente estou pegando fogo.

Ficar pronta para o concurso leva muito tempo. Cheguei em casa apenas no fim da tarde — uma hora antes de quando deveria chegar no Eastport Park —, na mesma hora que meu irmão chegou do teste dos Quahogs. Enquanto eu entrava em casa — o cabelo preso (a sra. van der Hoff venceu), o bronzeado perfeito, as unhas dos pés e das mãos pintadas profissionalmente de rosa claro, a maquiagem aplicada de maneira imaculada — Liam estava contando para meu pai e minha mãe, que tinham chegado do escritório e estavam sentados à mesa da cozinha escutando com muita atenção:

— Então o treinador Hayes nos mandou fazer uma corrida e eu fiz em 32 segundos, e depois ele nos mandou pedalar 40 metros e meu tempo foi 5,9 segundos, e então tivemos que correr um quilômetro e meio, e eu não sei qual foi meu tempo nessa, mas deve ter sido bom, porque...

Foi aí que todo mundo finalmente notou que eu tinha entrado no recinto, e eles se viraram para mim com grandes sorrisos no rosto. Eu sabia que os sorrisos não eram porque eu estava muito bonita. Eu nem estava com meu vestido do concurso. Ainda.

— Bem, oi, querida — disse minha mãe.

— Katie, Katie, adivinha? — disse Liam, que mal conseguia conter a empolgação.

— Hum... — falei, fingindo não fazer ideia do que ele ia dizer — acharam petróleo na escola e nós não vamos ter que ir na segunda-feira?

— Não — disse Liam —, eu entrei para o time! Eu sou um Quahog!

Dei um gritinho educado para mostrar como eu estava animada por ele, e então nós dois ficamos pulando na cozinha (com o cuidado de não pular muito entusiasmada e meu penteado acabar caindo), enquanto meu pai e minha mãe nos olhavam.

— Isso pede uma comemoração! — declarou meu pai.
— Nós todos vamos ao Pizza Hut!

Minha mãe deu um soco nele.

— Steve! Você sabe que não podemos! Katie tem o concurso de Princesa Quahog hoje à noite!

— Eu sei — disse ele, rindo —, estava brincando. Mas nós podemos ir mesmo assim, depois. Para uma celebração dupla, quando ela ganhar.

— Eu não vou ganhar — falei.

Ao mesmo tempo minha mãe disse:

— Por que nós iríamos no Pizza Hut quando está tendo o Sabor de Eastport no parque hoje à noite?

Enquanto isso, Liam estava dizendo:

— Uau, Katie, se você ganhar hoje à noite, então nós dois seremos Quahogs.

— É — disse eu, tentando não pensar em como quahogs me deixam enjoada —, ótimo.

— Você deveria ter escutado o discurso do treinador Hayes, você sabe, para os novos jogadores, depois que todos os perdedores foram para casa...

— Ei — disse eu já não mais rindo —, eles não são perdedores só porque não entraram no time. Eles só não entraram no time.

— Hum, bem — disse Liam de forma sarcástica —, essa é exatamente a definição de perdedor. Então o treinador Hayes disse que hoje era o primeiro dia das nossas novas vidas... não como cidadãos comuns de Eastport. Mas como Quahogs. Como Quahog, você vai descobrir que novas portas estão abertas para vocês... portas que nunca estiveram abertas para os pregos...

— *Pregos?* — falei, levantando as sobrancelhas. — Ele chamou as pessoas que não são Quahogs de pregos?

Não sei por que eu me senti tão insultada. Eu nem sei o que significa ser um prego.

— Posso terminar? — perguntou Liam. — Então ele falou que como Quahogs tínhamos uma tradição a manter. Uma tradição de grandiosidade. Vai ter gente por aí que vai tentar nos derrubar, só porque têm inveja da nossa grandiosidade...

— Espere um minuto — interrompi olhando para meus pais —, vocês estão ouvindo isso?

— Os Quahogs são o melhor time do estado — disse minha mãe —, talvez até do país.

— Sim, mas *inveja da nossa grandiosidade?* — falei, balançando a cabeça — É um pouco demais.

— Viram? — disse Liam olhando para mim. — O treinador Hayes estava certo. Você já está com inveja da minha grandiosidade e eu sou um Quahog há apenas uma hora.

— Não estou com inveja — informei a ele. — E você não é grandioso. E se disser isso de novo, eu vou lhe mostrar simplesmente o quão não grandioso você é.

Liam deu um único passo na minha direção, me forçando a levantar o queixo para poder olhá-lo nos olhos.

— Ah, é? — perguntou olhando para mim. — Você e mais quantos?

É tão estranho como ele cresceu em um espaço de tempo tão curto. A essa altura no ano passado, eu seria capaz de levantá-lo facilmente e arremessá-lo na piscina do Iate Clube. Não para machucá-lo. Apenas para mostrar quem mandava.

Eu não conseguia deixar de pensar em quem mandava agora. Ainda tinha que ser eu. Quer dizer, sou a mais velha.

— Haha — disse eu com sarcasmo —, isso é tão original. O treinador Hayes obviamente não o escolheu pela sua inteligência.

— Ei, vocês dois — disse meu pai calmamente.

Ele já tinha saído da cozinha para a sala de estar, tinha pego o controle remoto e estava mudando os canais, tentando achar o campeonato de golfe.

— O treinador Hayes nos alertou sobre pessoas como você — disse Liam em tom condescendente. — Ele disse que os elitistas da sociedade iam tentar fazer parecer que, só porque nós temos um dom atlético, somos incapazes intelectualmente.

Eu caí na gargalhada.

— Ah, meu Deus — disse eu.

— Katie — disse minha mãe de longe, enquanto checava as mensagens na secretária eletrônica, a maioria das quais parecia ser das Tiffanys e das Brittanys pedindo para Liam ligar de volta —, pare de pegar no pé do seu irmão.

— Mas é como se ele estivesse em um culto, ou algo assim — disse eu. — Quer dizer, *elitistas da sociedade*? Quem devem ser essas pessoas? As pessoas dessa cidade que não acham que só porque você é um Quahog deveria ter um tratamento especial? Quer dizer, além da mesa de canto do Gull'n Gulp?

— Eu sei exatamente do que você está falando, Katie — disse Liam, estreitando os olhos na minha direção. — Ou eu devia dizer de *quem* você está falando. E o treinador Hayes tinha algo para falar sobre *ele* também.

— Ele quem? — perguntei, embora soubesse perfeitamente bem.

— Tommy Sullivan — Liam me disse, com uma voz grossa.

Desde que a voz de Liam mudou, ele gosta de fazê-la parecer mais grave do que realmente é. Nas poucas ocasiões em que está em casa para atender ao telefone quando umas das Tiffanys ou Brittanys liga, ele fala com uma voz ainda mais grave, dizendo um alô em um tom tão baixo, que parece James Earl Jones, o cara que dublava o Darth Vader.

— O treinador Hayes disse que algumas pessoas em Eastport teriam tanta inveja de nossa grandiosidade que iriam até inventar mentiras sobre nós...

Achei que minha cabeça ia explodir.

— Tommy Sullivan pode ser um monte de coisas — gritei para meu irmão —, mas ele não é um mentiroso!

Ao contrário de mim.

— Ah, claro! — respondeu Liam com desgosto. — Cai na real, Katie. Tommy Sullivan só estava com inveja porque ele sabia que nunca seria um Quahog, então...

— Ah, meu Deus — explodi —, você andou bebendo como todos os outros!

— Eu bebi Gatorade — gritou Liam de volta —, não foi bebida alcoólica! Eu não sei do que você está falando.

Eu o ignorei. Era hora de procurar ajuda de uma força maior. Ou duas.

— Mãe, pai. Liam bebeu.

— Pare de falar isso — gritou Liam.

— Katie — disse minha mãe apertando o botão de pause na secretária eletrônica e parando uma Brittany no meio de um risinho —, por favor. Não seja tão dramática. E Liam, pare de gritar. Não consigo ouvir nossas mensagens.

— E eu não consigo ouvir a TV — disse meu pai, aumentando o volume do campeonato de golfe.

— Mãe — falei, tentando muito não ser dramática —, você poderia dizer ao Liam que Tommy Sullivan não inventou a história sobre Jake Turner e os outros caras terem colado na prova?

— Sim, ele inventou! — gritou Liam. — O treinador Hayes nos contou sobre isso! Ele disse que a imprensa está cheia de membros da *intelligentsia*, que não param por nada para fazer os Quahogs parecerem idiotas, porque têm inveja da capacidade atlética deles...

— O treinador Hayes obviamente não viu Tommy Sullivan ultimamente —, murmurei.

— ...e que o ano em que os Quahogs tiveram que desistir do campeonato estadual vai ser para sempre uma mancha negra na história de Eastport por causa de um ato invejoso de uma pessoa...

— Isso é ridículo! — gritei, sabendo que estava sendo dramática novamente, mas sem conseguir me segurar. — Tommy não escreveu aquela história porque estava com inveja! Ele escreveu porque não era justo que os Quahogs recebessem tratamento especial do inspetor de prova! Quer dizer, eles são apenas um monte de jogadores de futebol! Por que deveriam poder colar nas provas se ninguém mais pode?

— Eu disse a você — disse Liam com raiva —, eles não colaram! Isso foi uma conspiração! O treinador Hayes nos contou. E essa não é uma forma legal de a namorada do artilheiro desse ano falar. Imagino como Seth ia se sentir se soubesse que você acha que o irmão dele é desonesto.

— Ah, vai se catar — disse a ele.

Foi nesse exato momento que a voz de Tommy Sullivan encheu a cozinha. A princípio eu não sabia de onde estava vindo. Achei que ele estivesse realmente ali, na cozinha, conosco.

Então percebi que era uma mensagem que ele tinha deixado na secretária eletrônica, que minha mãe estava escutando.

— *Oi, Katie* — disse Tommy, sua voz grave num tom solene —, *sou eu, Tom. Tom Sullivan. Olha, sobre ontem à noite, eu ainda não entendi exatamente o que aconteceu. Eu... olha, apenas ligue para mim, pode ser?*

Então ele passou seu número do celular e disse:
— *Nós precisamos conversar.*
Depois desligou.
E eu percebi que o olhar de todos os membros da família estava voltado para mim. Bem, menos meu pai, que ainda estava assistindo ao campeonato de golfe.
Liam foi o primeiro a falar.
— *Tommy Sullivan?*
Ele estava transtornado. Estava completamente transtornado.
— Você e *Tommy Sullivan*? Ah, meu Deus! Uá-ha-ha!
Foi aí que eu fui atrás dele.
Consegui pegar uma quantidade considerável dos cabelos da perna dele e estava puxando sem misericórdia — Liam gritando como uma menininha, de tanta dor — quando de repente meu pai me segurou pela cintura por trás e me levantou no ar.
— O penteado! — gritei. — Cuidado com o penteado!
— Já *chega*! — rugiu meu pai, ao me colocar no chão do outro lado da cozinha para que Liam e eu ficássemos distantes um do outro. — Eu já cansei de vocês dois brigando! Estou tentando assistir ao meu GOLFE!
— Foi ela que começou — disse Liam emburrado, esfregando a perna.
— *Você* que começou! — gritei com ele. — Foi você que falou para Tommy Sullivan onde eu trabalho! Se tivesse mantido essa sua boca imensa fechada sobre minha vida particular...

— Chega — disse minha mãe com sua cara de mais-uma-palavra-e-vocês-vão-ficar-de-castigo. — Liam, Katie. Vão para seus quartos.

— Eu não posso ir para o meu quarto — declarei —, tenho meu concurso de Princesa Quahog em... — disse olhando para o relógio — ótimo. Meia hora. Agora eu vou me atrasar.

Olhei para Liam.

— Muito obrigada, idiota.

— Por que se preocupar em ir? — retrucou Liam. — Você não vai vencer. Não quando todo mundo descobrir com quem você estava ontem à noite...

— CALA A BOCA! — gritei.

E saí de casa batendo a porta.

Dezesseis

Não sei como meus pais podiam agir tão naturalmente com isso tudo. Quer dizer, essa coisa de o meu irmão virar um *deles*.

Embora, agora que eu parei para pensar nisso — tinha sido exatamente o que Tommy me acusou de fazer. Não é? Quer dizer, ele não se mostrou surpreso com o fato de eu ter sido assimilada tão bem?

E eu disse a ele que estava errado, que não existia essa coisa de *nós* contra *eles*.

Mas de acordo com o que Liam diz, o treinador Hayes obviamente acha que existe. E se o treinador Hayes acha isso...

Ah, Deus, o que há de errado comigo? Deixei Tommy Sullivan entrar na minha cabeça! Já é bastante ruim o fato de ele parecer que está ocupando permanentemente o meu coração (se esse é o local correto para alguém que você não consegue parar de pensar em beijar, e não algum lugar mais para o sul). Agora ele está no meu subconsciente também!

Foi com pensamentos sombrios como esse que eu cheguei na tenda do concurso. Não foi tão fácil chegar lá como tinha sido na véspera, porque o parque estava aberto para o público desta vez, e o lugar estava lotado de moradores e turistas, aproveitando o Sabor de Eastport. Todos os restaurantes da cidade (menos as cadeias de lojas) tinham barracas montadas. Tive que descer da bicicleta e empurrá-la, na entrada do parque, porque tinha muita gente em volta para eu seguir pedalando.

Espiei Shaniqua e Jill trabalhando na barraca do Gull'n Gulp e acenei para elas enquanto passava carregando minha bicicleta. Elas acenaram de volta e fizeram *Boa Sorte!* com a boca, mas não tinham tempo para bater papo. A fila para os bolinhos de quahog tinha mais ou menos um quilômetro, e Peggy estava de olho vivo nos empregados, para se assegurar de que eles não dessem aos clientes mais do que o bolinho (e a porção de molho) a que o tíquete dava direito.

Passei com minha bicicleta em frente ao palco do concurso e vi que algumas pessoas já tinham tomado seus lugares nas cadeiras dobráveis que ficavam à frente dele. Uma dessas pessoas era o sr. Gatch, da *Gazette*. Ele estava fumando um charuto e jogando paciência em um daqueles joguinhos eletrônicos que você compra em qualquer camelô. Então eu sabia que não era a melhor ideia ir até lá e perguntar novamente a ele o que Tommy Sullivan estava fazendo no seu escritório.

Em vez disso, levei minha bicicleta até os fundos da tenda-camarim que ficava atrás do palco e a prendi a uma pequena árvore. Eu sabia que os funcionários do Departamento de Parques não iam gostar daquilo, mas não tinha nenhum bicicletário e todos os bancos do parque estavam ocupados por turistas saboreando seus bolinhos de quahog. Com minha bicicleta segura, peguei a bolsa de roupas e entrei na tenda-camarim.

Lá dentro, encontrei o caos. A sra. Hayes estava gritando com os técnicos de som porque aparentemente os microfones de mão não estavam funcionando e nós íamos ter que usar aqueles de prender na roupa, que não iam funcionar porque não tinha nenhum lugar perto o suficiente da boca de Sidney para prender o microfone, graças ao profundo decote do vestido dela. Sidney estava gritando com Dave, que aparentemente tinha encomendado a cor errada do smoking no Eastport Formal Wear e o azul-claro do seu paletó não ia combinar com o vermelho do vestido dela. Morgan estava surtando porque tinha esquecido sua resina e ia quebrar o pescoço no palco se suas sapatilhas de ponta não aderissem bem ao chão.

E Jenna. Bem, algo tinha acontecido com Jenna. Eu nem mesmo a reconheci de primeira. Seus piercings tinham sumido, assim como as mechas roxas no cabelo preto... que agora era de um belo castanho avermelhado e estava preso num lindo penteado, com grampinhos. Ela estava usando um vestido de renda de cintura fina da Bebe (a Sidney tinha um exatamente igual, mas para usar no dia a dia, não para usar num concurso) que acentuava seus membros longos e pálidos, e nos pés estavam um par de sapatos de saltos tão chocantemente altos que afundavam na terra e na grama sob a cadeira em que ela estava sentada. No rosto, uma expressão não muito diferente de um refém que acabou de ser liberado depois de dias no cativeiro — ela parecia aérea.

Eu não me contive: fui até ela e disse:

— Jenna? O que *aconteceu*?

Jenna piscou para mim.

— Ah — disse ela. — Oi, Katie. É. Transformação surpresa.

Chocada, eu me sentei em uma cadeira de dobrar que estava perto.

— Sua mãe?

— Não — disse ela balançando a cabeça. — Meus amigos. Eles acham que se eu ganhar vou estar em posição de promover a plataforma social deles.

— Correr pelas ruas pelado coberto de gelatina verde?

— Não — disse Jenna. — Liberar os quahogs. Eles querem que todos os quahogs possam viver livremente, sem medo de que alguém cave a areia para pegá-los e comê-los.

Eu disse:

— Jenna. Quahogs são mariscos. Eles não são capazes de sentir medo.

Jenna encolheu os ombros.

— Eu sei. Mas eu não queria chateá-los. E, que se dane. Quero meu carro de volta. Então talvez dessa forma eu consiga uma boa colocação, no fim das contas.

Eu achava que ainda era muito difícil, dado o seu talento. (O discurso dela inclui a fala: *Eu VI o futuro. Você sabe o que é isso? É um virgem de 47 anos sentado com seu pijama bege bebendo uma vitamina de banana e bró colis cantando "I'm an Oscar Mayer Wiener".* Os juízes do concurso não gostam quando você fala a palavra com V no discurso.)

— Uau — disse eu em vez disso —, quer dizer que você achou um acompanhante?

Jenna revirou os olhos:

— Sim, meu *pai*.

Ainda assim, fiquei firme e pus a mão no ombro nu de Jenna para mostrar minha solidariedade à sua causa:

— Força, Jenna — disse eu. — Força.

Então andei para onde Sidney estava brigando com Dave bem quando ele tirou o paletó azul-claro e jogou no chão.

— Você quer que eu acompanhe você sem camisa? — perguntou, pego em um raro (para ele) momento de descontrole. — Ótimo! Vou acompanhá-la sem camisa.

Ele saiu batendo o pé.

Peguei o paletó do chão e limpei os pedaços de grama que estavam presos a ele.

— Ele não pode acompanhá-la sem camisa — falei —, é contra as regras. Acompanhantes devem estar em traje formal.

— Eu sei — disse Sidney —, mas olhe para aquela coisa. É horrível!

— Talvez ele pudesse usar aquilo, você sabe, de forma irônica — disse eu —, com um bolinho de quahog como abotoadura.

— Obrigada — disse Sidney com sarcasmo —, mas não está ajudando.

Senti um par de mãos na minha cintura. Quando me virei, encontrei Seth, que estava lindo em seu smoking — o dele era preto, graças a Deus — sorrindo para mim.

— Ei, gata — disse ele se inclinando para me beijar —, você está...

— Não — disse eu rapidamente, esticando o braço para segurar o rosto dele antes que seus lábios tocassem os meus —, você vai estragar minha maquiagem.

Só que eu sabia perfeitamente que não era com a minha maquiagem que eu estava preocupada. Não queria que Seth me beijasse porque...

...eu simplesmente não queria que Seth me beijasse.

Eu sei. Era loucura. Mas naquele momento, a ideia de meu namorado me beijando na verdade me fazia me sentir um pouco, bem...

Enjoada.

Sério! Eu sei que isso é algo horrível para se dizer sobre um garoto. Especialmente um garoto com quem você está saindo exclusivamente. Bem, quase exclusivamente.

— Desculpe — disse Seth, sobre estragar minha maquiagem —, é que você está tão linda.

Meu coração murchou. Ele era simplesmente tão... fofo. Como eu podia tê-lo tratado da forma como vinha tratando ultimamente? Como?

Embora a verdade seja que, apesar de Seth *sempre* falar de como eu estou bonita, ele nunca me elogia por coisas que realmente interessam. Por exemplo, ele nunca olhou para minhas fotos e falou:

— "Você entende as pessoas... só não entende você mesma."

Ele nunca olhou para minhas fotos e disse algo que não fosse:

"Legal. Vamos dar uns amassos."

Mas, você sabe, eu nunca liguei muito para isso. Até bem recentemente.

Ah, Deus. O que está *acontecendo* comigo?

— Veja, esse era o smoking que o Dave deveria ter encomendado — gritou Sidney, segurando a manga do paletó do Seth. — Ah, meu Deus, seu namorado está tão bonito! O que há de errado com meu namorado, que ele tem o pior gosto em toda a região? Seth, vocês foram à loja juntos. Por que não tentou impedi-lo?

Seth parecia confuso... meio como um filhote de cachorro com quem alguém estava brigando por fazer xixi no chão.

— Ele achou que preto seria muito quente — disse —, e estava certo. Eu estou cozinhando aqui dentro.

— E daí? — gritou Sidney alto o suficiente para Dave, que estava perto do isopor que a sra. Hayes tinha trazido e enchido com Cocas diet e garrafas de água mineral, ouvir. — Algumas vezes você tem que sofrer pela beleza! Como você acha que eu me sinto quando depilam minhas pernas com cera? Você acha que é gostoso? Bem, não é.

Mas eu faço assim mesmo para ficar bonita para meu *namorado*. Porque eu o amo.

Eu não tinha nenhum comentário para fazer sobre aquilo. Eu nunca depilo minhas pernas com cera por causa do potencial para uma infecção por bactérias, mesmo num salão limpo. Uso minha gilete confiável e segura em vez disso.

Mas Dave tinha um comentário. Ele falou, jogando longe a garrafa de água que tinha acabado de pegar:

— Quer saber, Sidney? Se você tem algo para me dizer, por que não vem até aqui e fala na minha cara, ao invés de gritar para todo mundo na cidade ouvir?

E isso fez com que Sidney falasse.

— Tudo bem, eu vou.

E ela foi batendo o pé até ele.

Seth, tendo presenciado tudo com uma expressão de quem não está entendendo nada, olhou para mim e disse:

— Uau! Eu imagino que ela deva estar realmente nervosa por causa do concurso, não?

— Acho que sim — disse eu.

Eu estava um pouco chateada com a coisa do filhote Quer dizer, quando olhava para o rosto do meu namorado, eu me lembrava de um filhote de cachorro. Que tinha acabado de fazer xixi. Isso não é o tipo de coisa que você deve pensar quando olha para seu namorado. O que havia de errado comigo? Quer dizer, obviamente Seth e eu não éramos o casal mais perfeito do mundo, considerando que eu ficava beijando outras pessoas (bem, certo, uma outra pessoa... de cada vez) sem ele saber.

Mas eu nunca pensei nele como um filhote antes. Você sabe, bonitinho e fofo e acima de tudo... bem, meio bobo.

— Katie — disse Seth —, está tudo bem? Quer dizer, entre você e eu?

Ah, meu Deus! Era como se ele tivesse lido meu pensamento! Como ele tinha feito aquilo? Filhotes não deveriam ser capazes de fazer aquilo...

— Entre nós? — perguntei me virando para a direção contrária de Sidney e Dave, que agora estavam discutindo do outro lado da tenda, enquanto Morgan reclamava sobre sua resina e Jenna continuava sentada parecendo ter tanto na cabeça quanto Katie Holmes. — O que você quer dizer?

Só que é claro que eu sabia exatamente o que ele queria dizer. Apenas não tinha suspeitado que ele tivesse notado.

— Bem, é que parece que nos últimos dias eu mal vi você — disse Seth. — Sei que você andou doente e tudo mais, mas...

— Doente? — eu disse para ele confusa.

— Você sabe — disse Seth —, aquela coisa do *e. coli*

Santo quahog! Não acredito que me esqueci disso. Preciso seriamente começar a tomar mais cuidado com minhas mentiras. Talvez eu precise fazer um gráfico. O Power Point pode ajudar.

— Claro — disse eu. — Bem, sim, teve aquilo... e, você sabe, o concurso, e eu tenho tentado trabalhar o máximo que posso antes de as aulas começarem novamente...

— Sim — disse Seth —, eu entendo tudo isso. É só que... isso vai parecer meio estranho, mas é quase como se... eu não sei. Como se você não gostasse mais tanto de mim, ou algo assim.

— Ah, Seth — disse eu, a culpa partindo meu coração ao meio.

Como eu podia? Como eu podia ter sido tão horrível com ele? Ele é um cara tão bom. Todo mundo diz isso.

Todo mundo menos Tommy. Para quem Seth quer fazer uma festa do cobertor.

Tirei esse pensamento da cabeça.

— Eu não sei do que você está falando — menti —, é claro que ainda gosto de você!

Sério. Eu preciso de um gráfico. Porque as mentiras estão só formando uma pilha maior a cada minuto.

— Ah — disse Seth parecendo aliviado —, que bom. Legal.

Então ele se abaixou para me beijar novamente.

E eu disse, me esquivando:

— Oops, e sabe o que mais? Eu só preciso... só preciso dar um pulo lá fora um minuto. Acho que deixei uma coisa na cesta da minha bicicleta. Não vá embora. Eu já volto, certo?

Seth parecia confuso novamente... e mais parecido com um filhote do que nunca.

— Hum — disse ele —, tudo bem.

Eu sorri e corri para a porta da tenda... exatamente quando Eric Fluteley a estava abrindo para entrar, bonito como eu nunca o tinha visto, de smoking preto com botões dourados. Eu me preparei, pensando que ele fosse perceber que eu estava saindo e tentar me seguir até lá fora para me beijar um pouco.

Mas ele mal pareceu me notar. Em vez disso, gritou para Morgan:

— Era isso que você estava procurando?

E levantou um pedaço de pedra cor de âmbar.

Morgan, que estava chorando (embora, por sorte, ela parecesse ter usado rímel à prova d'água), olhou para ele. Quando viu o que Eric estava segurando, soltou um sorriso radiante.

— Ah, Eric — gritou ela —, obrigada!

E Eric enrubesceu.

Sim. Eric Fluteley enrubesceu.

— Com licença, Katie — disse ele quando me viu ali, perto da porta da tenda.

Ele abriu caminho educadamente segurando a porta para eu sair... mas seus olhos, eu não consegui deixar de perceber, ainda estavam fixos nos de Morgan.

E isso era bom. Quer dizer, era o que eu queria. Que Eric e Morgan ficassem juntos, porque eles formavam um belo casal.

Então eu apenas sorri e disse:

— Obrigada, Eric.

E saí.

Cara. É bom saber como é fácil ser substituída.

Bem, que se dane. Seth estava certo sobre uma coisa: estava muito quente dentro daquela tenda. Lá fora, no ar fresco, eu me sentia como se pudesse respirar novamente. Engraçado eu não ter percebido como estava quente lá dentro até que Seth começasse com seu papo de "como se você não gostasse mais tanto de mim".

E isso não poderia ter sido mais sem propósito. Quer dizer, *é claro* que eu ainda gosto do Seth.

E, tudo bem, vou admitir que ele não é a melhor pessoa para se conversar. Mas mesmo assim é um cara ótimo. Como Sidney ressaltou, ele não tinha me dado o fora, apesar de eu não querer dormir com ele. Isso era alguma coisa, certo? E, claro, talvez não me seguisse até em casa para se assegurar que eu chegasse com segurança na minha bicicleta.

E talvez ele não oferecesse nenhum tipo de crítica artística às minha fotografias.

Mas ele é *Seth Turner*! E ele é *meu*!

E que tipo de idiota terminaria com *Seth Turner*?

Foi quando eu estava pensando nisso que notei um cara que se parecia com Tommy Sullivan vindo na minha direção pelo parque. Só podia ser minha imaginação fazendo truques comigo, porque não tinha como Tommy Sullivan aparecer atrás da tenda do concurso de Princesa Quahog depois de eu ter deixado explicitamente claro que nunca mais queria vê-lo novamente.

Só que quando o cara chegou mais perto, percebi que ele não apenas se parecia com Tommy Sullivan.

Ele ERA Tommy Sullivan.

E a coisa mais irritante de todas? Quando percebi isso, meu coração deu uma balançada dentro do peito.

Não foi uma balançada do tipo *Ah, não, Tommy Sullivan.*

Foi uma balançada tipo *Oba! Tommy Sullivan*!

E naquele momento eu soube que Seth estava certo: eu não gostava mais tanto dele. Porque eu estava total e completamente a fim de seu inimigo mortal.

Dezessete

— Ei — disse Tommy quando chegou perto o bastante para ser ouvido, sem precisar gritar, entre os gritos de animação das crianças correndo com seus sorvetes de quahog (eu sei, nojento) da Sorveteria Eastport —, estava procurando você.

Eu apenas olhei para ele. Deveria ser contra a lei alguém ser tão bonito. Sério. Ele estava de bermuda cáqui com uma camisa polo preta.

Mas não era tanto o que ele estava vestindo — e como as roupas caíam bem nele — quanto... apenas ele.

Ah, Deus. Era sério.

— Eu entendi que você não quer nada comigo — disse ele —, mas nós podemos conversar?

Eu acho que Tommy tomou meu silêncio (eu estava sem palavras por causa da sua beleza divina) como um consentimento, porque ele disse:

— Bom.

Então ele me pegou pela cintura e me puxou para trás de um tronco largo de um fícus, fora da visão da tenda do concurso. Eu fui junto porque... bem, o que *mais* você vai fazer quando perdeu praticamente todo o controle sobre seu corpo?

— Escute — disse Tommy assim que me encostou no tronco da árvore (o que foi legal da parte dele, ou eu provavelmente teria caído no chão, por causa dos meus joelhos que ficaram moles como borracha ao vê-lo) —, o que aconteceu ontem à noite... eu não sei o que você pensa que realmente está acontecendo, mas eu *não* voltei para Eastport para arruinar a sua vida. Eu não posso acreditar que você tenha até mesmo pensado isso.

Eu me peguei olhando para seus lábios enquanto ele falava. Tudo que conseguia pensar era em como foi senti-los contra os meus na noite anterior. E o quanto eu queria agarrar a camisa dele e puxá-lo na minha direção e começar a beijá-lo novamente, bem ali no Eastport Park, em frente às crianças com sorvete de quahog, e a tenda do concurso e tudo mais.

E eu poderia ter feito isso, claro, muito facilmente, porque ele estava com um braço encostado no tronco da árvore bem ao meu lado, e estava meio se inclinando sobre mim de uma forma muito confiante que, tenho que admitir, eu estava achando extremamente agradável.

Mas então — finalmente — meu cérebro pegou no tranco e eu lembrei que deveria odiá-lo.

— Certo — disse finalmente, com muito esforço —, então aquele pequeno discurso sobre como eu não me entendo ou gosto de mim mesma não era para minar minha confiança, para eu me sair mal e perder o concurso hoje?

Ele olhou para mim com uma expressão totalmente incrédula no rosto:

— O quê? Não. Katie...

— E aquela coisa toda de você me beijar no estacionamento, onde qualquer um poderia ter nos visto — disse eu, cruzando os braços na frente do peito.

Porque acho que linguagem corporal é importante, e eu estava com medo de que estivesse mandando os sinais errados com aquela coisa de deixá-lo se inclinar sobre mim.

— Aquilo não era porque você estava esperando que meus amigos me pegassem, e que meu namorado fosse me dar o fora e minha vida social fosse arruinada pelo resto do ano?

— Desculpa, mas — disse Tommy, agora parecendo irritado em vez de incrédulo — nós estávamos no mesmo estacionamento ontem à noite? Porque, corrija-me se eu estiver errado, você parecia ser uma participante bem ativa dos beijos.

— Haha — falei, descruzando os braços para espetar meu dedo indicador no peito dele —, você sabe que não tenho nenhuma resistência a garotos bonitos em estacionamentos. Você me viu atrás do gerador de emergência com Eric. Estava se aproveitando da minha única fraqueza, e também estava usando informação privilegiada. *E isso não é justo!*

Enfatizei cada uma das cinco últimas palavras com um cutucão no peito de Tommy. Ele não pareceu gostar muito disso, se a forma como ele segurou minha mão serve de indicação.

— Você é louca — disse Tommy. — Algum dos seus outros tantos namorados já falou isso para você antes?

— Não tente mudar de assunto — disse eu, mais do que ciente de que ele ainda estava segurando minha mão —, quero saber a verdade. Acho que tenho o direito de saber. O que você estava fazendo no escritório do sr. Gatch ontem?

— Você sabe que não posso contar isso a você — disse ele balançando a cabeça.

Porque não era da minha conta. O sr. Gatch já tinha deixado isso mais do que claro.

— Ótimo — falei, rangendo os dentes.

Rangendo os dentes de frustração porque ele estava fazendo jogo duro. Não porque estivesse tentando me impedir de jogar os braços em volta do pescoço dele e beijá-lo novamente. Não mesmo.

— Então apenas me diga o seguinte: o que você realmente está fazendo de volta em Eastport? E se não é para arruinar minha vida, então *por que você voltou?*

— Katie — disse ele, olhando para minha mão que estava segurando.

Ele parecia chateado. Realmente parecia. Como se quisesse me contar, mas simplesmente... não pudesse.

Claro que aquilo devia ser parte do teatrinho. Você sabe, o teatrinho para me fazer me apaixonar por ele, depois conseguir se vingar arrancando meu coração e espalhando os pedaços por toda Eastport.

Mas eu tinha que dar o braço a torcer. Por que o teatrinho? Estava funcionando perfeitamente.

— Ah, que se dane — disse eu finalmente arrancando minha mão da dele.

Mas só para eu poder jogar meus braços em volta do pescoço dele e começar a beijá-lo novamente.

Ah, sim. Eu estava encostada a uma árvore no Eastport Park, beijando Tommy Sullivan atrás da tenda do concurso de Princesa Quahog. Não tanto encostada a uma árvore, mas espremida contra ela por Tommy, que não parecia ligar nem um pouco para o fato de eu ter terminado a nossa conversa tão abruptamente... sem contar a forma nem um pouco convencional. Bem, eu acho que não teria sido convencional se fosse qualquer pessoa menos eu. Mas como era eu, bem, o que mais eu faria senão beijá-lo?

E não era como se Tommy não estivesse me beijando também. Ele estava... e como se ele realmente quisesse aquilo, devo acrescentar. As mãos dele estavam na minha cintura, seu peito pressionado contra o meu, sua boca quente sobre a minha. No geral, era um momento realmente ótimo.

Tirando que foi o quanto durou. Apenas um momento, antes que Tommy levantasse a cabeça e dissesse com uma voz engraçada e trêmula:

— Katie.

— Pare de falar, por favor — falei puxando a cabeça dele para que sua boca voltasse para onde deveria ficar: sobre a minha.

Mas ele não a deixou ali por muito tempo. Para mim, pelo menos.

— Katie — disse ele levantando a cabeça novamente —, é sério. Nós não podemos continuar fazendo isso.

— Por quê? — perguntei, puxando-o mais uma vez. Mas ele resistiu!

— Porque — disse ele, firme, balançando um pouco minha cintura — nós temos que *conversar*.

— Conversar é valorizado demais — retruquei.

Porque, sério, conversar era a *última* coisa que eu queria fazer com ele. Especialmente quando ele estava tão perto de mim, e eu podia sentir o cheiro do seu protetor solar e sentir seus músculos e tudo que eu queria era passar minhas pernas em volta dele novamente.

— Sério, Katie — murmurou Tommy através do meu cabelo. E eu sentia que o cabelo escapava do penteado, por causa da casca da árvore que estava sendo esfregada contra ele. — O que eu vou fazer com você?

— Certo — disse eu, apesar de ser um esforço falar porque várias partes do meu corpo estavam tremendo —, sobre o que você quer conversar?

— Nós — disse Tommy. — Eu não quero fazer isso, Katie.

— O quê? — perguntei, surpresa, porque ele com certeza não vinha agindo como alguém que não queria fazer aquilo. — Me beijar em estacionamentos e parques?

— Exatamente — disse Tommy. — Isso pode ter sido legal para Eric Fluteley. Mas não é legal para mim. Você deve saber de uma vez que eu não vou ser o cara com quem você vai ficar escondida do seu namorado. Ou eu sou o namorado, ou nada feito. Então você vai ter que fazer uma escolha, Katie. Sou eu... ou eles.

Estreitei meus olhos e olhei bem para ele. Basicamente, eu estava pensando em como sua boca estava próxima da minha, e como seria fácil começar a beijá-lo novamente.

Mas mesmo eu, a Ado Annie de Eastport — sim, a personagem namoradeira de *Oklahoma* —, sabia que aquilo não resolveria nada (embora talvez fizesse felizes os pedaços do meu corpo que estavam tremendo).

Em vez disso, tentei focar naquilo que ele tinha acabado de dizer. Fazer uma escolha. Ele ou eles.

Não era a mesma escolha que eu tive que fazer quatro anos antes? Tudo bem, nós não estávamos nos beijando atrás de restaurantes e tendas de concurso naquela época. Mas tinha sido o mesmo problema: apoiar Tommy Sullivan e ser uma pária social para sempre por ser a menina mais inteligente da turma e por odiar os Quahogs, ou rejeitar Tommy Sullivan e acabar jogando verdade ou consequência com Seth Turner?

Como alguém poderia ter feito outra escolha?

Só que agora... quatro anos depois... eu não podia deixar de imaginar: será que tinha feito a escolha certa?

Ou tinha apenas feito a escolha mais fácil?

Olhei para ele. Eu não sabia o que dizer. Precisava de um tempo. Aquilo era muito difícil para decidir assim, no calor do momento.

Especialmente por causa das partes do meu corpo que estavam tremendo.

Tommy, quase como se tivesse lido meus pensamentos, levantou o dedo e tocou na pontinha do meu nariz.

— Por que você não pensa nisso? — disse, com um traço de uma risada na voz. — Você parece confusa. Eu vou estar na plateia, se você quiser me dizer depois do concurso o que decidiu.

Eu olhei para ele mais um pouco.

— Você vai... você vai assistir ao concurso?

— Ah — disse Tommy soltando uma risada —, eu não perderia isso por nada.

— Mas — falei sem entender por que meu cérebro estava digerindo aquela informação tão devagar —, Seth é o meu acompanhante. Seth vai ver você. Seth pode tentar...

— Bem, eu imagino que o sr. Gatch terá então algo sobre o que escrever na edição de domingo, não é?

Tommy beijou minha testa, então se virou para ir embora.

E eu percebi, enquanto isso, que ele tinha feito aquilo de novo. Realmente. Ele tinha me transformado numa massa trêmula de carne de menina com seus beijos, para que eu não pudesse pensar direito e o deixasse falar sem parar. Eu não tivera a chance de dizer a ele o que pensava a respeito dele e da sua teoria idiota de que eu não gostava de mim ou não me conhecia. Que estava tão longe da verdade, que não era nem engraçado. Eu me amo totalmente. Eu não tinha me inscrito no concurso de Princesa Quahog?

E eu nem gosto de quahogs.

— Katie?

Eu tinha me afastado uns poucos passos da árvore quando ouvi a voz horrorizada vinda da porta da tenda. Olhei na direção e vi Sidney de pé, parecendo chocada.

Porque ela viu Tommy saindo.

Pior, Tommy a viu. E teve coragem de piscar. E dizer, enquanto saía:

— Como vai, Sidney?

Sidney murmurou:

— Bem, obrigada.

Então, assim que ele deu a volta pelo lado da tenda, ela veio correndo pela grama na minha direção (os saltos estavam afundando no solo), gritando:

— Ah, meu Deus, Katie! Ah, meu Deus!

Eu sabia que o jogo tinha acabado.

E eu também sabia que Tommy tinha vencido. Ele tinha vencido de uma vez.

Era o fim. O *meu* fim.

Estranhamente, tudo que eu senti foi alívio. Bem, a não ser pela parte de Sidney me odiar. Porque a verdade é que, mesmo que ela seja totalmente superficial, Sidney sempre foi uma boa amiga. Mandona, mas divertida.

— Sidney — disse eu —, olha, eu posso explicar...

— Ah, meu Deus — disse Sidney pela terceira vez, levantando a mão para tirar pedaços de casca de árvore do meu cabelo —, você está parecendo que andou dando uns amassos com um cara encostada numa árvore. Provavelmente porque... surpresa!... você realmente estava dando uns amassos com um cara encostada numa árvore.

— Eu sei — falei, séria —, eu sou uma pessoa horrível. Imagino que você vá ter que contar para o Seth.

— Você é louca? — quis saber Sidney, ajeitando um lado da minha saia que estava misteriosamente puxado para cima. — Volte para aquela tenda e bote um pouco de batom. Eu não sei em que você estava pensando, beijando o sr. Acampamento cinco minutos antes do momento de entrar no palco. Ele beija tão bem assim? E como ele sabia meu nome, afinal?

Não podia ser. Ela não sabia. Ela *ainda* não sabia.

— Hein? — disse eu, enquanto Sidney pegava minha mão e me levava na direção da tenda. — Eu não sei.

— Você não sabe de muita coisa, não é? — perguntou Sidney. — O que está acontecendo com você? Desde que esse cara apareceu, você se transformou em um abacaxi. Morena por fora, mas loura no meio. Não ache que eu não notei. E como você pode deixar Seth sozinho daquele jeito? Ele está encurralado num canto com Jenna Hicks. Ela está contando para ele suas teorias sobre anarquismo social, ou algo do gênero. Você devia saber melhor que ninguém que ele não tem defesas naturais contra garotas inteligentes.

Dentro da tenda as coisas tinham se acalmado um pouco.

Agora que Morgan tinha sua resina, estava toda sorridente, olhando para Eric toda apaixonada (ei, eu conheço aquele olhar). E Eric parecia estar caindo na dela (bem, por que ele não cairia?; se ele for o centro das atenções, então está ótimo para Eric).

E Sidney parecia ter perdoado Dave por ter escolhido a cor errada do smoking. Pelo menos parecia, pela forma como ela falou para ele que tinha me achado.

— Ah, bom — disse Dave, comendo um bolinho de quahog que aparentemente o Gull'n Gulp tinha doado para os participantes do evento. — Ei, Katie, o que aconteceu com seu batom?

— Ela vai aplicar novamente — disse Sidney depressa, pegando minha mochila e jogando em cima de mim. — Seth, eu a achei.

Seth olhou em volta, desviando a atenção da aparente conversa profunda que estava tendo com Jenna Hicks. O que era, você sabe, meio estranho, porque Seth nunca tinha falado com Jenna quando ela tinha argolas nas sobrancelhas.

Mas que se dane.

— Ah — disse ele ao me ver. — Oi, baby.

Ele sorriu. E eu esperei. Esperei pela sensação de joelho fraco que eu costumava sentir quando Seth sorria para mim.

Acho que não deveria ter ficado surpresa quando ela não veio. Quer dizer, levando em conta tudo.

Eu. Ou eles. Foi o que Tommy tinha dito.

Mas não tinha sido esse o problema o tempo todo?

— Meninas — disse a sra. Hayes aparecendo pela porta da tenda que dava para o palco.

Ela parecia muito profissional com um vestido de noite rosa da Pulitzer, faixa de cabelo e sapatos cor-de-rosa que combinavam.

— Todos os lugares estão tomados. Agora só tem lugar para quem quiser ficar de pé. Esse pode acabar sendo o concurso de Princesa Quahog mais cheio da história de Eastport. Preparem-se para dar a eles a performance de suas vidas. Lembrem-se de sorrir. Srta. Hicks, você me ouviu? *Sorria*. Agora. Vamos rezar?

A sra. Hayes não esperou uma resposta. Ela abaixou a cabeça, então nós abaixamos as nossas também. Até mesmo os técnicos de som, o que eu achei fofo da parte deles. Um deles até deixou a cerveja numa mesa.

— Senhor — rezou a sra. Hayes —, por favor abençoe este concurso, e todas as participantes dele. Por favor não deixe a srta. Hicks fazer nenhuma grande besteira, e por favor faça com que as sapatilhas da srta. Castle tenham aderência ao chão do palco. E não deixe Bob estragar a iluminação como ele fez no ano passado. Amém.

— Amém — murmuramos nós todos, e Morgan inclusive fez o sinal da cruz.

— Certo, meninas — disse a sra. Hayes alegremente — É *hora do Quahog*!

Dezoito

Certo. Então não estava indo, você sabe, mal. Quer dizer, estava quente no palco com as luzes acesas sobre nós. E era estressante olhar para o mar de cadeiras dobráveis em frente ao palco e ver tantos rostos familiares... meus pais e meu irmão entre eles. Apesar da briga que tivemos mais cedo — e do fato de ser um concurso de beleza —, Liam não parecia muito de saco cheio.

É claro que muito disso é porque tinha uma fileira de Tiffanys e Brittanys sentadas na frente dele, e tudo que elas conseguiam fazer era dar risinhos, cochichar e fingir que deixavam cair coisas só para poderem se inclinar para pegá-las e lançar longos olhares para ele.

Sério. Eu sei que eu sou louca por garotos. Mas se eu pensasse que agi assim por causa de um — especialmente por causa de um tão nojento (desculpe, mas eu já cheirei os pés dele) como meu irmão —, acho que teria que me matar. Ou entrar para aquele convento episcopal que eu tenho certeza que existe em algum lugar.

Quando olhei para a plateia, enquanto a sra. Hayes fazia seu discurso de abertura e explicava a história do concurso de Princesa Quahog (dando uma ênfase especial para o ano em que ela ganhou), pude ver o marido dela, o treinador Hayes, com aparência de satisfeito... evidentemente os testes para os Quahogs tinham corrido bem.

Ou talvez ele estivesse satisfeito com o fato de sua esposa ainda ser muito bonita, mesmo estando com quase 40 anos.

E lá estavam os pais de Sidney, o sr. e a sra. van der Hoff, assim como o pai e a mãe de Morgan Castle, emanando orgulho. Lá estavam o sr. e a sra. Hicks, pais de Jenna, parecendo nervosos (eles provavelmente sabiam do talento dela), o sr. Hicks olhando o relógio... ele teria que correr para o camarim quando fosse a hora de acompanhar Jenna na parte do vestido de noite.

Vi outras pessoas que eu conhecia também, incluindo o sr. Bird e sua esposa do Eastport Old Towne Photo, e até mesmo os pais de Seth, o sr. e a sra. Turner. Não havia sinal do irmão dele, Jake (graças a Deus), mas isso não queria dizer que ele não estivesse na feira de Eastport com os amigos e não pudesse aparecer a qualquer momento. Muitas pessoas estavam de pé no fundo, entre elas Shaniqua e Jill, que aparentemente conseguiram fugir da barraca do Gull'n Gulp por alguns minutos para poder assistir ao concurso.

Sentado na frente delas, na última fileira de cadeiras dobráveis, ainda com um charuto apagado na boca — e ainda jogando paciência —, estava o sr. Gatch.

E a seu lado estava Tommy Sullivan.

Tommy não estava jogando paciência. Tommy estava assistindo ao que acontecia no palco com atenção, com os braços cruzados sobre o peito daquela forma que fazia seus bíceps incharem, e que fez Sidney me dar um cutucão com o cotovelo, enquanto a sra. Hayes falava, e fazer com a boca: "McGostosão".

O que era totalmente verdade (Tommy ser um Gostosão). Mas não me ajudava muito, na verdade.

Ainda assim eu estava indo tão bem quanto podia esperar. Passamos pela parte introdutória, e então houve a correria frenética para o camarim para trocar de roupa para a parte do talento (menos eu, porque eu ia ser a primeira). Simplesmente tomei meu lugar ao piano, com calma, e toquei a minha música. "I've Got Rhythm" é a única música que sei tocar, mas toco bem, porque gosto dela. Se eu não fosse tão desafinada, teria cantado também... "Antigos problemas com homens, eu não ligo para isso. Você não vai encontrá-los perto de mim."

Só que, obviamente, os "antigos problemas com homens" andavam sim, perto de mim. Muito perto, na verdade. Pelo menos ultimamente.

E a verdade era que eu meio que ligava para ele. Enquanto tocava, eu me peguei pensando não sobre o fato de estar tocando piano num concurso de beleza na frente de duzentas ou trezentas pessoas. Ah, não. Eu não estava mesmo pensando nisso.

Em vez disso, estava refletindo sobre o fato de que, se Tommy Sullivan não tivesse voltado à cidade, eu nem saberia o que era problema. Seth e eu ainda estaríamos ficando, toda noite, depois do meu turno no Gull'n Gulp.

E Eric e eu ainda estaríamos ficando todo dia, *antes* do meu turno.

Então Tommy Sullivan apareceu, e foi quase como se — e isso foi a coisa mais estranha de tudo — eu não conseguisse nem *pensar* em ficar com outra pessoa. O que era *aquilo*?

Talvez Tommy Sullivan fosse o "antigo problema com homens". *Meu* "antigo problema com homens".

E o problema real era que eu *gostava* de tê-lo por perto. O que era *aquilo*?

Acho que pensar sobre aquilo enquanto tocava deu muita paixão à performance, porque as pessoas aplaudiram bastante quando acabei. Com vontade. As Tiffanys e Brittanys até deram gritinhos. Eu sabia que elas estavam fazendo aquilo só para mostrar para o meu irmão que gostavam de mim, o que provavelmente não era muito inteligente da parte delas, porque eu não estava muito bem colocada na lista das pessoas favoritas dele naquele momento. Mas que se dane. Até escutei alguns assovios que eu tenho certeza absoluta que vieram da direção de Tommy Sullivan.

Mas eu os ignorei, inclinei-me em reverência, e saí do palco, para que os técnicos de som pudessem mover o piano e Morgan pudesse fazer sua apresentação da sequência do sonho de Laurey.

De volta à tenda do concurso, todos disseram "bom trabalho", mas, sei lá, que nada. É só uma música no piano. Eu sabia que a verdadeira performance da noite seria a de Morgan. Não que a música da Kelly Clarkson que a Sidney ia cantar não fosse boa também. Mas, você sabe...

Nós estávamos sentadas escutando as sapatilhas de ponta da Morgan baterem no chão do palco temporário (não dava para realmente escutar a música que ela estava dançando de onde estávamos, porque os alto-falantes estavam virados para a plateia) quando Eric, que estava espiando o palco por uma fenda na tenda, apesar de a sra. Hayes ter dito duas vezes a ele para não fazer isso, falou:

— Ah, meu Deus. Ele está aqui.

Meu sangue se transformou instantaneamente em gelo, porque eu sabia exatamente de quem ele estava falando.

Mas Sidney e Seth e todo o resto das pessoas não sabiam.

E foi por isso que Sidney perguntou:

— Quem está aqui?

Ela já tinha colocado sua roupa da apresentação, atrás de uns lençóis que a sra. Hayes pendurou no canto da tenda para esse propósito, e estava ajeitando a calça legging sem prestar muita atenção.

— Tommy Sullivan — disse Eric. — Ele está sentado na última fila, perto do sr. Gatch da *Gazette*.

Houve um corre-corre louco para a fenda. Todos se moveram para ver Tommy Sullivan.

Todos menos eu.

— Aquele não é Tommy Sullivan — disse Sidney quando teve a chance de ver pela fenda (só tinha espaço para uma pessoa ver por vez, se você não quisesse que a sra. Hayes percebesse).

— Hum, me desculpe, Sid — disse Eric —, mas é sim.

— É Tommy Sullivan sim — concordou Seth —, eu reconheceria aqueles olhos esquisitos dele em qualquer lugar. Vocês lembram como mudam de cor o tempo todo?

— Mas — disse Sidney se virando da fenda em minha direção, com uma expressão de perplexidade —, aquele é o cara que a gente viu na praia outro dia. Aquele que você disse...

Eu balancei a cabeça para ela. Apenas uma vez.

Não sei se ela leu o pânico em meus olhos, ou viu, através do tecido do meu vestido, a forma como meu coração estava batendo disparado.

Mas ela fechou a boca abruptamente e saiu do caminho para deixar Jenna Hicks olhar pela fenda.

— Aquele é Tommy Sullivan? — disse Jenna fazendo um som de quem tinha gostado. — Ele é gato.

— O quê? — disse Seth, parecendo genuinamente ofendido. — Ele não é não!

— Ah, ele é sim — disse Jenna se levantando e olhando para mim e Sidney. — Vocês não acham que ele é gato?

— Hã — disse com dificuldade porque minha boca tinha ficado totalmente seca.

— Não sei dizer. Só tenho olhos para um cara — disse Sidney passando os braços em volta dos ombros largos, vestidos de azul-claro, do namorado.

Dave sorriu para ela. O olhar que Sidney me lançou por cima daqueles ombros largos doeu.

— Hã... — disse eu, ainda tentando recuperar a habilidade de falar — eu também.

E passei meus braços em volta de Seth.

Só que ele se soltou de mim. Porque estava inquieto, andando no mesmo lugar.

— Eu não posso acreditar que ele esteja realmente de volta — dizia Seth enquanto batia o pé no chão — e que tenha aparecido aqui. Aqui, de todos os lugares! O que ele acha que está fazendo? Ele tem que saber que vai apanhar.

— Ei — disse eu.

E isso foi exatamente quando Morgan entrou na tenda depois do fim da sua apresentação e disse para Sidney:

— É a sua vez.

Sidney relaxou os ombros.

— Boa sorte, Sid — disse Dave dando um beijo em seu rosto —, você vai se sair muito bem.

— Eu sei — disse Sidney, indignada, como se a ideia de ela fazer alguma coisa menos do que maravilhosa nunca tivesse passado por sua cabeça, e saiu da tenda.

— Dave — disse Seth, como se não tivesse ocorrido uma interrupção —, vamos ligar para os caras e falar para eles nos encontrarem aqui depois do concurso. Nós vamos dar a Tommy uma pequena festa de boas-vindas.

— Não posso — disse Dave —, você sabe que temos que levar as garotas para comemorar quando elas ficarem nas primeiras posições.

Ele olhou para Jenna e acrescentou:

— Desculpa. Sem querer ofender.

— Sem problema — disse Jenna, amável —, eu sei que não tenho nenhuma chance.

— As garotas podem esperar — disse Seth olhando para mim. — Não podem, gata?

Eu apenas olhei para ele. Por alguma razão, estava completamente incapacitada de falar. Morgan foi quem falou algo, de trás dos lençóis pendurados, onde estava colocando seu vestido de noite.

— Vocês — disse uma voz sem corpo, parecendo enojada. — Por que não podem deixar Tommy Sullivan em paz? O que foi que ele fez para vocês?

— Todo mundo sabe o que ele fez — disse Seth.

Ele, na verdade, parecia meio chocado com a pergunta de Morgan.

— É — disse Jenna suavemente —, mas isso foi há tanto tempo. No nono ano ou algo assim, não foi?

— E além disso — disse Morgan de trás dos lençóis —, ele nem fez isso a você.

— Ele ferrou meu irmão — disse Seth, parecendo ultrajado. — Isso é a mesma coisa que me ferrar!

Jenna olhou para mim:

— Katie — disse ela —, você vai ajudar aqui ou o quê?

Mas eu ainda não conseguia falar. Não sei por quê. Eu apenas... não conseguia.

— Acho que vocês tinham apenas que esquecer tudo isso — disse Eric. — Quer dizer, não que eu tenha alguma coisa a ver com isso.

— Você está certo — disse Seth de maneira perspicaz. Para Seth. — Não tem mesmo.

— Mas para que vocês querem procurar problemas? — quis saber Eric. — Apenas deixem isso pra lá. Vocês vão viver mais.

— Acha que aquele cara pode me pegar? — perguntou Seth apontando para si mesmo, incrédulo.

— Meu Deus, Seth — disse Dave, que agora estava olhando pela fresta, mas só para Sidney —, ele está certo. Apenas deixe pra lá. Foi há muito tempo. Certo, Sidney acabou. Todos digam a ela que ela fez um bom trabalho.

Sidney entrou de volta na tenda meio ofegante e feliz. A se julgar pela aclamação estrondosa, ela tinha se saído melhor que *bem*. Nenhuma grande surpresa, sendo Sidney perfeita e tudo mais.

— Venha se trocar comigo — disse ela, me pegando pela mão e me puxando na direção do trocador feito de lençóis no canto, exatamente quando Morgan, vestindo um tubinho branco elegante, saía dali.

— Bonito vestido — comentou Sidney, enquanto me puxava. — Cavalli?

— Armani — disse Morgan.

Sidney balançou a cabeça impressionada:

— Legal.

Então nós estávamos atrás das cortinas protetoras, e Sidney, lutando para tirar sua legging, disse em uma voz baixa:

— Katie, o que você está fazendo? Sério.

— Não sei — respondi com sofrimento na voz, tirando o vestido e pegando o traje de noite, um vestido rosa meio bufante que Sidney me convenceu a comprar na Saks. — Não sei como isso aconteceu. Juro.

— É? — disse Sidney com um sorriso amarelo — Bem, eu sei. Mas uma coisa é chifrar seu namorado com um cara que seu irmão conheceu no acampamento, e que vai voltar para o lugar de onde quer que ele tenha vindo no fim do verão — disse ela, entrando no vestido justo vermelho que comprou na Saks no mesmo dia em que comprei o meu —, mas é outra bem diferente chifrar seu namorado com *Tommy Sullivan*!

— Eu sei — sussurrei. — Acha que eu não sei disso?

— Bem, se sabe disso — disse Sidney enfiando os braços pelas mangas —, então *por que você está fazendo isso?*

— Você acha que eu quero fazer isso? — sussurrei de volta. — Eu não consigo me segurar!

— Olhe — disse Sidney —, esse é o nosso último ano. Temos o baile de boas-vindas... o baile de formatura... a viagem para a cidade... um monte de coisas. Esse é o ano em que deveríamos fazer tudo, ter os melhores momentos de nossa vida, construir memórias para guardar para sempre. E como vamos fazer isso se você estiver saindo com um homem morto? Porque é isso que Tommy Sullivan é, Katie. Ou vai ser, assim que Seth e aqueles caras derem um fim nele.

— Eu sei — disse eu, cabisbaixa —, mas, Sidney, é que eu... eu... eu posso *conversar* com ele.

Sidney olhou para mim como se eu tivesse acabado de falar que eu gosto de comer pizza sem antes tirar o excesso de gordura do queijo com um guardanapo.

— Você pode conversar com ele? — repetiu ela. — O que isso quer dizer?

— Bem, quer dizer, entre os beijos — falei, sabendo que ia ser impossível explicar para Sidney.

Mas eu tinha que tentar. Tinha que tentar fazê-la entender. Porque talvez, se eu conseguisse fazê-la entender, eu também pudesse entender um pouco melhor.

— Ele fala comigo sobre... bem, coisas como minhas fotos e coisas assim. Você sabe que Seth nunca faz isso. Seth nunca fala sobre nada. Quer dizer, nada além de futebol americano. E comida.

Sidney arregalou os olhos cheios de maquiagem.

— Você só percebeu isso *agora*? — quis saber ela. — Vocês estão namorando desde antes do ensino médio.

Suspirei. Eu não podia acreditar que aquilo estava acontecendo.

— Eu sei — disse eu —, só acho que... quer dizer, fiquei tão lisonjeada quando ele me convidou (eu, de todas as pessoas) para sair. E então eu só... você sabe. Era simplesmente assim que as coisas eram. Seth e eu éramos um casal. Nós estávamos juntos havia tanto tempo. Se eu terminasse com ele agora o que as pessoas iam pensar?

— Que você cometeu um erro — disse Sidney.

— *Exatamente* — cochichei de volta, com dor no coração.

Sidney balançou a cabeça. Ela parecia surpresa quase a ponto de desmaiar.

— Bem, o que você vai fazer a respeito disso?

— Eu não sei. Sério, Sidney. Eu... eu não sei.

— Bem, é melhor você descobrir — disse ela. — E rápido. Porque se não fizer isso alguém vai se machucar. E eu não estou falando apenas de Tommy. Agora vire-se para eu poder fechar seu zíper.

Eu me virei. Ela fechou meu vestido. E então disse:

— Bom. Vamos lá.

E nós saímos de trás dos lençóis, exatamente quando a sra. Hayes entrou na tenda e, espiando Jenna, de volta da sua apresentação, com uma das mãos no braço do pai, perguntou:

— Todos estão com seus acompanhantes? Certo. Que bom. Vamos lá, gente. Trajes de noite e perguntas. E... *vão*!

— Ei — disse Seth aparecendo ao meu lado e me oferecendo o braço —, você está linda, gata.

— Seth — disse eu, e então minha garganta se fechou.

Ele olhou para mim com aqueles olhos castanhos sonolentos.

— O quê?

Eu queria falar. Eu queria. Eu queria dizer algo naquele momento...

... Só que eu não sabia o que falar. E não sabia como falar.

— Meu nome é Katie — disse então, segurando o braço dele — e não "gata", certo?

Ele ficou ainda mais confuso.

— Qual é o problema, ga... quer dizer, Katie? — quis saber ele. — Está chateada comigo? O que eu fiz?

E eu percebi que ele estava com aquele olhar de filhote desorientado novamente.

E eu não conseguia suportar aquilo. Realmente não conseguia suportar nem mais um segundo. O "antigo problema com homens" não estava apenas rodeando minha porta.

Ele tinha fixado residência permanente na minha vida.

Eu estava no inferno.

Então é claro que eu disse a Seth:

— Nada. Não se preocupe.

Porque é isso o que eu faço.

Eu minto.

E nós entramos no palco.

Dezenove

— Srta. Castle — disse a sra. Hayes fazendo questão de mostrar que estava embaralhando os cartões onde estavam escritas as perguntas, para que ninguém pudesse dizer que alguma menina foi ajudada por receber uma pergunta mais fácil —, por favor diga a essa plateia e aos nossos estimados juízes algumas características de um Quahog.

— Claro — disse Morgan, linda ao lado do seu acompanhante igualmente estonteante.

Eu não estava errada sobre Eric e Morgan: juntos eles estavam mais bonitos que os bonequinhos que ficam em cima dos bolos.

E da plateia, tenho certeza de que mal se podia perceber o quanto Eric estava suando sob o smoking. O suficiente para sua maquiagem começar a sair (Eric foi o único cara que concordou em usar maquiagem quando a sra. Hayes ofereceu, mas foi porque ele estava acostumado com isso, por causa do trabalho no teatro).

— Um quahog — começou Morgan em voz baixa — é um molusco...

— Um pouco mais alto, querida — disse a sra. Hayes num tom muito amigável, bem diferente do que ela costumava usar para gritar conosco no ensaio —, os juízes não conseguem ouvi-la. E nem a plateia.

— Ah — disse Morgan levantando um pouco mais seu microfone —, desculpa.

Estávamos usando microfones de prender na roupa porque os de segurar não estavam funcionando. Mas como não tinha microfones suficientes para todas nós, e nem lugar para prendê-los em nossos trajes de noite, tínhamos que simplesmente segurar nas mãos os pequenos microfones e falar.

— Um quahog é um molusco, e dessa forma apresenta características que nós esperamos de moluscos, como cuspir e se enterrar na areia.

Houve um silêncio desconfortável enquanto a sra. Hayes olhava para os juízes.

— Ah, espere — disse Morgan, entendendo a pergunta. — Você quer dizer um Quahog jogador de futebol americano? Ou um quahog que as pessoas comem?

— Hum... — disse a sra. Hayes. — O primeiro, querida.

— Ah — disse Morgan tentando ganhar tempo para pensar na coisa certa a falar.

Eu me senti mal por ela. Realmente me sentia mal. Principalmente porque já não era fácil para uma pessoa que não fosse tímida subir naquele palco em frente a toda aquela gente, com aquelas luzes fortes brilhando sobre nós e toda a pressão. Não que o Oaken Bucket estivesse contando com que Morgan ganhasse o concurso para que eles melhorassem seus negócios ou algo assim.

Mas eu tinha certeza de que Morgan precisava do prêmio em dinheiro para comprar novas sapatilhas de ponta ou o que quer que bailarinas comprem com dinheiro de prêmios.

Ainda assim, isso devia ser ainda mais difícil para ela, por ser tão tímida e tudo mais.

Morgan disse algo sobre como Quahogs eram fortes e honestos (aham...), que tinha a clara intenção de agradar os juízes e pareceu ter funcionado. Ponto para Morgan. Na verdade, dois pontos, porque sua apresentação de dança tinha sido muito melhor que qualquer coisa que o restante de nós apresentara como talento.

Então foi a vez de Sidney, e a sra. Hayes disse:

— Srta. van der Hoff, você pode me dizer o que é o amor verdadeiro?

Naturalmente, sua resposta teve um enfoque bíblico, porque os juízes adoram esse tipo de coisa. Eles engolem essas coisas como... bem, bolinhos de quahog.

— O amor é paciente... — disse Sidney com sua voz mais sincera, a mesma que ela usava quando estava muito ocupada farreando para poder fazer o dever de casa, e dizia ao professor que sua avó estava doente e que ela (Sidney) passara a noite toda com ela no hospital — ...o amor é bom.

Aham. É sim. Tente dizer isso a Seth. Ele parecia super deprimido por causa da forma como eu tinha falado logo antes de subirmos no palco. O que eu estava pensando?

Por que eu tinha sido tão má com ele? O que há de errado comigo? Quer dizer, é verdade que Seth nunca foi a pessoa mais inteligente que conheci.

Mas isso quase nunca me preocupou. Até agora.

Certo, vamos ser honestos: não até Tommy Sullivan voltar.

— ...o amor não é rude. Não é egoísta, não se deixa chatear facilmente, não guarda rancores...

Aham. Ao contrário de Seth Turner. E a verdade é que isso é uma grande besteira. Porque Tommy Sullivan nunca fez nada a ele. Tudo que Tommy Sullivan fez foi falar a verdade... uma verdade que precisava ser contada, porque Tommy estava certo: não era justo que Quahogs recebessem tratamento especial.

E como Jake Turner aliás, foi idiota, para ficar se gabando de ter colado, e na frente de um garoto do nono ano totalmente impressionável? Jake Turner tinha arruinado seu próprio futuro, não Tommy.

— ...o amor sempre protege, sempre confia...

Da mesma forma como Seth confiou que eu não ia ficar com outros garotos pelas costas dele. Por que eu fiz aquilo, na verdade? Quer dizer, o que eu estava procurando? Quem eu estava procurando?

Porque não é que Seth beije mal. Ele beija excepcionalmente bem.

Só que não tão bem quanto uma certa pessoa que me beijou recentemente. E eu não estou falado do Eric. Quer dizer, os beijos de Seth e de Eric nunca fizeram meu coração disparar da forma como os beijos de uma certa pessoa fizeram. E nunca me fizeram ter vontade de passar minhas pernas em volta deles. E nunca me fizeram pensar neles em outros momentos, quando eu devia estar pensando em que bebidas pegar no bar, ou onde tinha deixado meu delineador.

— ...o amor não se regozija com o mal, mas se deleita com a verdade...

A verdade. Deus, a verdade. Eu nem ao menos sabia o que era a verdade mais. Só sabia que toda vez que colocava meus olhos em Tommy Sullivan, tudo o que queria era pular sobre ele.

Era verdade! Agora que Tommy Sullivan tinha voltado à cidade, ele era a única pessoa que eu queria beijar.

— ...o amor sempre tem esperança, sempre persevera. O amor nunca falha.

Espera um minuto. Espera só um minuto. É isso que é o amor? O amor é não querer beijar mais ninguém além de uma pessoa?

E será que *Tommy Sullivan* era aquela pessoa? Era por isso que eu não conseguia mais suportar a ideia de beijar Seth? Foi por isso que eu disse a Eric que queria que fôssemos apenas amigos?

Porque eu amava Tommy Sullivan?

Não. Não, isso simplesmente não era possível. Quer dizer, Tommy Sullivan só tinha voltado à minha vida havia três dias. Como eu podia estar apaixonada por uma pessoa que eu não via há quatro anos? Como podia estar apaixonada por uma pessoa que me acusou de não me entender?

Mas e se Tommy estiver certo? Quer dizer, obviamente ele está certo. Porque... OLHEM PARA MIM. Eu estou de pé aqui com minha mão no braço de um cara, e tudo que consigo pensar é em outro cara.

Isso é característica de uma garota que se entende?

Ah, meu Deus. É verdade. *Amor verdadeiro é quando você não consegue pensar em qualquer cara a não ser um só.*

O que quer dizer...

Que eu estou apaixonada por *Tommy Sullivan.*

— SRTA. ELLISON!

Virei minha cabeça na direção da sra. Hayes. Por que ela estava gritando comigo?

— Srta. Ellison, eu fiz uma pergunta a você — disse ela de cara feia por trás do cartão que estava segurando.

Seu olhar dizia claramente: *Você estará tão enrascada quando esse concurso acabar, mocinha...*

— Desculpe — falei, ciente de que meu coração estava batendo tão forte dentro do peito que eu mal podia respirar.

Apaixonada. Por Tommy Sullivan. Era o que meu coração parecia estar dizendo sem parar.

— Pode repetir, por favor? A pergunta?

A sra. Hayes limpou a garganta. Então leu:

— Por que você, srta. Ellison, ama quahogs?

— Eu amo quahogs por causa da sua tenra suculência — respondi automaticamente, enquanto a sra. Hayes, feliz por ver que eu tinha me recuperado, parecia mais feliz — e eles são especialmente tenros... e... suculentos... no Gull'n Gulp...

Minha voz falhou.

Porque de repente eu entendi. Bem ali no palco do concurso.

O que eu tinha que fazer. O que eu tinha que fazer para espantar o "antigo problema com homens" de perto de mim. O que eu tinha que fazer para parar de mentir o tempo todo, e acabar com aquele fogo para sempre.

E assim eu fiz, naquele momento.

Porque isso é outra característica do amor. Sidney tinha dito:

O amor é honesto.

— Vocês querem saber? — disse eu, soltando o braço de Seth — Estou mentindo.

Uma rajada de surpresa atingiu a plateia. Eu vi a sra. Hayes olhar para os juízes com uma expressão desconcertada. Os juízes olharam para ela de volta chocados.

Eu sabia, bem no fundo, que tinha acabado de perder o concurso de Princesa Quahog. Mas também sabia, bem no fundo, que não ligava.

Porque, quer saber? Eu estava cansada de mentir. Estava cansada de ser pega em minhas mentiras. Estava cansada de manter gráficos e segredos. Estava cansada de me esconder.

Eu estava cansada e pronto.

— A verdade é — disse ao microfone de prender na roupa — que eu odeio quahogs.

Houve um som como o da plateia engasgando. Mas eu não liguei.

— Eu odeio mesmo — continuei. — Eu *sempre* odiei, desde criancinha. Eles têm gosto de borracha. Você pode fazer o que quiser com eles. Fritá-los. Fazer uma sopa. Até fazer sorvete. E eles sempre vão ter o mesmo gosto para mim. Um gosto ruim.

Eu estava rindo. Eu era a *única* pessoa presente que estava rindo.

Mas eu não ligava. Porque estava dizendo a verdade. E estava me sentindo muito, muito bem.

— Hum... — disse a sra. Hayes — obrigada, srta. Ellison. Se você puder voltar ao seu lugar agora...

— Mas essa não é a única coisa sobre a qual eu ando mentindo — disse eu ao microfone —, porque eu odeio outro tipo de Quahogs também. Não o molusco. O time de futebol americano.

O que aconteceu com a plateia não foi uma marola. Foi uma onda. Uma onda de choque e ressentimento. Direcionada a mim.

Mas eu não liguei. Eu realmente não liguei.

Eu me senti *bem*.

— Eu odeio futebol americano — disse.

Era legal ouvir minha voz — dizendo a verdade, para variar — reverberando pelo Eastport Park. E mesmo se as pessoas não gostassem muito do que eu estava dizendo, ainda parecia algo que eu não estava acostumada a escutar: eu, dizendo a verdade.

— Odeio a forma como essa cidade age em relação a futebol americano. Eu odeio a forma como nós idolatramos os Quahogs, e por quê? Eles não salvam vidas. Eles não nos ensinam nada. Eles apenas correm atrás de uma bola idiota. E por isso, nós os tratamos como deuses.

Agora a onda não era apenas ressentida. Era raivosa mesmo. Menos, eu notei, na última fileira, onde o sr. Gatch até tinha parado de jogar paciência, e estava olhando fixamente para mim. Ao lado dele, o queixo de Tommy estava caído enquanto também ele me olhava.

— Bem — continuei —, é verdade. Nem tentem negar isso, vocês todos sabem do que estou falando. Nós deixamos os Quahogs fazerem praticamente tudo o que querem, e se uma pessoa tenta confrontá-los, como Tommy Sullivan fez há quatro anos, o que fazemos? Nós o mandamos embora da cidade. Não é?

— Srta. Ellison! — disse a sra. Hayes chegando perto de mim e tentando pegar o microfone da minha mão.

Mas eu o tirei de perto dela.

— O que é? — perguntei.

Agora minha voz não parecia mais tão legal, eu notei. Na verdade, estava meio esganiçada. Provavelmente por causa do fato de eu estar segurando as lágrimas.

Mas eu não estava segurando mais nada. Não mesmo.

— Nós não podemos nem FALAR nada ruim sobre os Quahogs? — perguntei à plateia. — Por quê? Eles *não* são deuses. Eles são apenas caras. Caras que jogam futebol americano. Caras que cometem erros.

Eu me virei para olhar para Seth, que estava olhando para mim com uma expressão de total e completa incredulidade.

— Seth — disse eu, um pouco trêmula, por causa das lágrimas —, Tommy Sullivan não arruinou a vida de Jake. *Jake* arruinou a vida de Jake. Jake colou, Seth. Ele colou e foi pego, e teve a punição que merecia. A mesma punição que qualquer um de nós teria recebido se fosse pego colando. Você tem que parar de culpar Tommy pelo que o seu irmão fez. Me desculpe. Me desculpe mesmo. Mas é assim que eu realmente me sinto sobre isso. Nunca contei a você antes porque... bem, acho que nunca admiti isso nem para mim mesma. Mas é a verdade. É a verdade sobre como eu me sinto.

Seth ficou balançando a cabeça lentamente todo o tempo que eu falei. E quando eu terminei, ele balançou a cabeça uma última vez, e então disse, com o que, se eu não estou enganada, era absoluto desprezo naqueles olhos castanhos de filhote:

— Se isso é verdade... se é assim que você realmente se sente, então... nós estamos *acabados*, gata.

Houve um engasgo. Foi tão alto que a princípio eu achei que era um engasgo coletivo da plateia.

Mas então eu percebi que tinha vindo só de Sidney.

— Eu sei — disse a Seth, minha voz um pouco trêmula —, e eu sinto muito. Muito mesmo.

Eu realmente sentia. Sentia muito. Por ter continuado com aquilo por tanto tempo, por fazê-lo sofrer, eu apenas sentia muito. Isso também não era uma mentira.

Mas Seth não parecia ter aceitado minhas desculpas. Ele andou para o outro lado do palco e ficou lá com uma mão sobre o rosto, como se estivesse tentando se controlar. Depois de um segundo ou dois, Jenna soltou o braço do pai e foi até lá dar apoio a Seth. O que eu achei que foi legal da parte dela. Se alguém podia falar com Seth sobre viver num poço negro de desespero, e tudo mais, era Jenna, que dizia ter vivido em um por anos.

— De qualquer forma — disse eu, levando a mão ao rosto para limpar umas gotas que começavam a se formar nos meus olhos, e me virei de volta para a plateia... e para os juízes —, eu acho que o que eu estou tentando dizer é que eu não sou, nem nunca fui, o tipo de pessoa para ser Princesa Quahog. Então é melhor vocês me desqualificarem. Especialmente porque a verdade é que eu não sou um exemplo muito bom para a juventude de Eastport. Vocês sabem, há quatro anos, eu...

— NÃÃÃOOOOO! — gritou Sidney tão alto que Dave pôs a mão em sua boca numa tentativa de fazê-la se calar.

Ele também teve que segurá-la pela cintura para evitar que ela pulasse sobre mim.

— Katie! — gritou ela, apesar de sua voz estar abafada pela mão do namorado — Não!

— Desculpe, Sid — eu disse e me virei de volta para os juízes.

As lágrimas estavam correndo livremente agora. Não havia nada que eu pudesse fazer para segurá-las.

— A verdade é que — continuei — eu não devia ser nomeada Princesa Quahog porque há quatro anos eu fiz algo... algo de que realmente, realmente me arrependo. Eu pintei...

— AAAAAAAAAHHHHHH!!!! — gritou Sidney.

— ...as palavras *Tommy Sullivan é um esquisito* na parede do recém-construído ginásio da Eastport Middle School.

O engasgo que veio da plateia dessa vez deve ter sido escutado no espaço sideral — ou pelo menos em Manhattan —, porque foi muito alto.

Apesar de eu mal tê-lo escutado, porque naquele momento estava chorando tão compulsivamente que nem conseguia me ouvir falar.

— Fui eu — gritei —, eu agi sozinha. E eu realmente, realmente me arrependo.

No momento em que eu disse ter agido sozinha, Sidney se calou.

Minha mãe, por outro lado, podia ser ouvida soltando um som agudo. O que era de se esperar porque o que eu tinha acabado de admitir iria custar à minha família milhares de dólares.

Que bom que eu tinha um emprego.

Os juízes olhavam para mim sem palavras... assim como o treinador Hayes. Sua esposa já tinha se sentado no banco do piano, e estava se abanando com os cartões de perguntas. Aparentemente, podia desmaiar a qualquer momento. O sr. Gatch, na última fileira, estava alegremente anotando algo em um caderninho que carregava.

Ao lado dele, Tommy Sullivan — a pessoa cuja reação ao que eu tinha acabado de admitir importava mais para mim — parecia estar congelado, simplesmente sentado olhando para mim. Olhei para ele através das minhas lágrimas. Era quase, naquele momento, como se não houvesse aquele murmúrio da plateia entre a gente, como se não houvesse um parque a nossa volta, como se não houvesse pais desesperados com o custo de mandar limpar uma parede inteira, como se não houvesse um irmão com muita raiva porque a irmã tinha acabado de dizer que odeia o time para o qual ele tinha acabado de ser escolhido para jogar, como se não houvesse um dono de restaurante reclamando de eu ter acabado de dizer que eu odiava seu prato mais pedido.

Era como se fôssemos apenas eu e Tommy. A forma como provavelmente deveria ter sido. Se eu tivesse sido honesta comigo mesma há quatro anos.

— Me desculpe, Tommy — falei ao microfone, com as lágrimas rolando pelo rosto e caindo na minha saia cor-de-rosa. — Eu não queria ter feito isso. Sei que parece idiota, considerando... bem, que eu fiz de qualquer forma. Mas eu só... bem...

Encolhi os ombros. Eu mal conseguia vê-lo, agora que as lágrimas vinham tão grandes e tão rápido.

— Deixa pra lá.

Olhei para Sidney, que ainda estava sendo impedida de me matar por seu namorado.

— Uau — eu disse a ela, usando as costas da mão para limpar o excesso das lágrimas. — Obrigada, Sidney. Me sinto bem melhor. O amor realmente se deleita na verdade.

Então eu disse para os jurados e a plateia:

— Desculpem por ter arruinado o concurso. Estou indo agora.

Então deixei o microfone cair, segurei minha saia cor-de-rosa e desci do palco.

E corri até minha bicicleta com todas as minhas forças.

Vinte

— Então — disse Jill quando nos sentamos no parapeito olhando para a água — você e Seth realmente terminaram?

— Ele pediu de volta a jaqueta dele do time de futebol americano — falei, olhando para os tênis nos meus pés.

Shaniqua respirou fundo:

— Caramba!

— Tudo bem — encolhi os ombros. — Acho que tenho que tirar umas pequenas férias de garotos por um tempo.

Jill torceu o nariz.

— Eles não são isso tudo que acham que são — disse ela, segura. — Você vai ver. Tente viver com um.

— Eu vivo — disse eu. — Meu irmão, Liam, que agora, por sinal, está com vergonha de ser visto comigo. Porque eu falei mal de seu precioso time... na frente do treinador.

— Eu não estou falando de irmãos — disse Jill.

— É — disse eu. — Bem, eu imagino que talvez o pé de um namorado cheire menos mal do que o de um irmão.

— Eu não diria isso — disse Jill.

E então alguns turistas entraram, e ela teve que ir pegar alguns cardápios e levá-los até uma mesa.

— Quer dizer que seus pais realmente morreram de raiva? — quis saber Shaniqua.

— Sobre os 7 mil que eles vão ter que pagar à escola pela limpeza? — disse eu rindo. — Ah, sim, eles ficaram muito felizes. Estou de castigo até a formatura. Só posso sair para trabalhar, e tenho que dar cada centavo que ganhar para eles, até pagar tudo.

— E sua câmera? — perguntou Shaniqua.

Encolhi os ombros novamente:

— *Hasta la vista, baby*.

Eu esperava que ela não notasse o tremor na minha voz. E também que o sr. Bird não fosse muito ranzinza para devolver meus 1.600 dólares. Além de todo o resto, abri o jogo com meus pais sobre a câmera também. Eu tinha me tornado uma verdadeira máquina de falar a verdade, afinal.

— Isso não é justo — disse Shaniqua sobre a câmera. — Você pintou o muro há tanto tempo! E nunca teria sido pega se não tivesse se entregado.

— É — disse eu. — Bem, eles não veem isso exatamente dessa forma. Embora minha mãe entenda. Eu acho. Um pouco.

Minha mãe tinha sido a pessoa que, ao voltar para casa e me achar já na cama, chorando como se meu coração tivesse sido partido (porque a verdade é que eu acho que foi mesmo), tinha suspirado e me abraçado, dizendo que nada nunca é tão ruim quanto parece. Ela até tinha falado para mim que estava orgulhosa por eu ter dito a verdade... embora desejasse que eu não tivesse escolhido contar aquilo num local tão público.

E quando Liam entrou e quis saber se podia ir morar na casa do amigo Chris, porque ele achava que não podia aguentar o estigma de ser o irmão de Katie Ellison, odiadora de Quahogs, meu pai foi quem o mandou para o quarto.

É, talvez as coisas realmente *fossem* ficar bem. Quer dizer, quem precisa de amigos? Eu tinha Shaniqua e Jill.

E só Deus sabia que não precisava de um namorado. Já tinha tido o suficiente por uma vida.

Além disso, você não pode ter namorados no convento episcopal. Se uma coisa como essas realmente existe.

Por sorte, Peggy não tinha ficado tão chateada com a coisa dos quahogs. Quando cheguei para trabalhar no turno da manhã no dia seguinte a toda a confusão do concurso (o cara que normalmente trabalha naquele horário tinha ligado dizendo que estava doente, sofrendo, sem dúvida, de excesso de Feira da Cidade de Eastport na noite anterior, e como eu estava mais desesperada por dinheiro do que nunca resolvi aceitar cobri-lo), ela simplesmente balançou a cabeça para mim e disse:

— Lembre-me de nunca mais patrocinar outro empregado para qualquer coisa. Agora vai limpar o chão debaixo das mesas.

E isso foi legal da parte dela. Para alguém que só queria se livrar do "antigo problema com homens", eu com certeza acabei caindo em uma pilha disso no fim das contas.

E, quer dizer, tudo bem. Uma mentirosa como eu não merece amigos. Um ano na Sibéria social vai me ensinar uma valiosa lição sobre dizer a verdade — não só para os outros, mas para mim mesma.

E então, talvez, depois da formatura, se não conseguir achar um convento que me aceite, eu apenas vá para a faculdade — uma faculdade só para meninas, claro — e comece tudo novamente.

Então quando Jill passou por mim com pressa por volta de duas da tarde e disse "alerta de Quahogs", eu morri de medo. Especialmente quando olhei e vi Sidney e Dave — com Eric e Morgan atrás deles — parados no balcão da recepcionista.

— O que você quer que eu faça? — perguntou Jill, preocupada.

— Eles provavelmente não sabem que eu estou aqui — disse eu, com o coração batendo forte dentro do peito.

Porque eu não podia imaginar que algum deles — especialmente a Sidney — fosse querer ser visto no Gull'n Gulp se soubessem que eu também estava.

— Eu vou lá para eles saberem que eu estou aqui. Provavelmente vão embora.

Mas quando eu cheguei perto de Sidney para perguntar se podia ajudá-los, ela olhou para mim como se eu fosse uma idiota.

— Sim — disse ela —, você pode nos arranjar uma mesa.

Eu olhei para ela:

— Sidney — falei —, eu estou trabalhado aqui hoje.

— Por incrível que pareça, eu não sou cega — disse ela. — Estou vendo.

— Bem, quer dizer, eu só pensei... que vocês ficariam mais confortáveis comendo em algum outro lugar por um tempo. Porque, vocês sabem... *eu* estou aqui.

— É por isso que nós estamos aqui — disse Dave. — Para mostrar a você que não ficaram mágoas. Certo, Sidney?

Dave deu um cutucão nas costas dela.

Sidney parecia irritada:

— Ai — disse ela, acrescentando: — É o que ele disse. Sem mágoas. Quer dizer, tirando o fato de você ter arruinado o concurso e ter se feito de idiota, você ainda é minha melhor amiga. E, que se dane, porque eu ganhei mesmo assim, que é como deveria ser. O que você acha da minha tiara?

Olhei para a tiara.

— Eu acho que ela é para ser usada só durante o desfile, Sidney — disse eu.

— O quê? Só porque o desfile acabou eu não sou mais Princesa Quahog? De jeito nenhum. Certo, Morgan? — disse Sidney olhando para a segunda colocada no concurso, que estava muito ocupada beijando Eric e não pareceu ter escutado.

— Vão para um motel — disse Sidney revirando os olhos.

Então, me pegando pelo braço, ela se inclinou para acrescentar:

— Eu liguei para você, tipo, umas dez zilhões de vezes. Imagino que estava com o telefone desligado de novo, como de costume. De qualquer forma, eu queria dizer, você sabe... obrigada. Por não contar a eles a verdade.

Eu olhei para ela:

— Sidney. Eu contei a eles a verdade.

— Bem, não a verdade *toda* — disse Sidney. — Você sabe, a parte sobre...

— Certo — completei rapidamente. — Não precisa falar mais nada sobre isso.

— Bem — disse Sidney desconfortável —, eu apenas...

— Sério, Sid — falei olhando-a bem nos olhos —, não precisa.

— Bem... Tudo certo. Eu só queria agradecer. Então, mudando de assunto... Você soube — quis saber Sidney — sobre Seth?

Balancei a cabeça. É estranho, mas quando eu ouço o nome dele agora eu... não sinto nada. Tirando, talvez, um pouco de culpa.

— Não. Bem, quer dizer, recebi uma mensagem dele no meu celular. Ele quer a jaqueta de volta. Imagino que isso queira dizer que ele está legal.

— Ele está bem. Não pôde vir com a gente hoje porque saiu com Jenna Hicks — disse ela com uma cara de quem não entendia o motivo daquilo. — Aparentemente, os dois têm muito em comum, com toda essa coisa de depressão rolando com eles no momento.

— Bem — disse eu, não totalmente surpresa. A sra. Hicks, tenho certeza, estava muito feliz. Ter forçado Jenna a participar do concurso tinha dado resultados muito além dos seus sonhos mais loucos. — Isso é bom. Eu acho.

— É — retrucou Sidney —, acho que sim. Jenna fica bonita sem todas aquelas ferramentas horríveis no seu rosto. Um pouco. De qualquer forma, tem algum tipo de convenção de mangá na cidade, então eles vão juntos.

— Mangá... — disse eu, levantando as sobrancelhas ...e *Seth*?

— Bem, mangá provavelmente serve para ele. Você sabe como ele move os lábios quando lê. Então, você sabe. Quanto menos palavras melhor. E o *seu* gato? Soube algo dele?

Senti minhas bochechas ficando vermelhas.

— Hum, você está falando do Tommy? Não. Não, não soube dele. Nem espero saber também. Ele não é meu gato.

— Por que não? — perguntou Sidney parecendo surpresa.

— Sidney — disse eu e, eu adoro ela, mesmo, mas o que ela estava pensando? —, eu admiti ontem à noite na frente dele que eu pintei *Tommy Sullivan é um esquisito* na parede da nossa escola. Você acha que ele ainda vai gostar de mim depois disso?

— Ah, que se dane — disse Sidney. — Você é bonita. E você é, assim, inteligente. Como ele. Vocês fariam um belo casal. Então, podemos ir para a nossa mesa agora, ou o quê? Ei...

Ela desviou o olhar de mim. E ficou com os olhos esbugalhados.

— Aquilo são *turistas* sentados na mesa do canto?

Jill, voltando à entrada depois de levar um casal a sua mesa, olhou por cima do ombro para a mesa do canto e respondeu ela mesma a pergunta de Sidney:

— Aqueles são os McCallisters. De Minnesota. Gente boa.

— O que *turistas* estão fazendo na mesa dos Quahogs? — perguntou Sidney.

— Ah, aquela não e mais a mesa dos Quahogs — explicou Jill com tranquilidade. — Nova regra do restaurante. Nós votamos. E todos nós decidimos que Katie está certa, e é errado dar privilégios para qualquer grupo de pessoas — disse ela, sorrindo pacificamente para Dave. — Desculpe.

— Sem problema — disse Dave, como sempre tentando evitar confusão.

— Mas... — disse Sidney, piscando algumas vezes — o que *nós* devemos fazer?

— Façam uma reserva da próxima vez — disse Jill dando a Sidney um beeper. — Ele vai tocar quando sua mesa estiver pronta. Quem é o próximo?

Sidney olhou para o beeper gigante em sua mão. Então olhou para mim como se não acreditasse.

— Ela está de brincadeira? — quis saber.

— Hum — disse eu —, não. Desculpe. Mas o movimento está grande hoje. Dê mais ou menos meia hora. Tenho que voltar para minhas mesas. Até mais tarde, gente.

Corri para atender meus clientes, incapaz de tirar um enorme sorriso do rosto. Eu não podia acreditar nisso. Sidney não me odiava! Eu ainda tinha uma amiga na escola!

Era uma pessoa, de qualquer forma... e uma pessoa muito importante para mim.

Uma pena que a chance de isso acontecer com a pessoa que eu *mais* queria que não me odiasse fosse zero.

Mas, sério. Não tinha nenhuma chance de Tommy Sullivan me perdoar pelo que eu tinha feito. Eu tinha visto o olhar de completo choque em seu rosto quando ele soube da verdade.

Aquele não tinha sido o olhar de um homem que estava pronto para perdoar tão cedo, com certeza.

Mas tudo bem. Quer dizer, acabei de terminar um relacionamento de muito tempo. Não vou entrar correndo em outro.

Mesmo um com um garoto que eu tenho certeza absoluta de que é o cara certo para mim. Porque eu não consigo parar de pensar nele. E na boca dele.

Mas isso é errado! Porque é evidente que eu preciso aprender muito sobre essa coisa de romance.

Apesar de que eu não teria me importado de ser apenas amiga de Tommy.

Se é que você consegue ser apenas amiga de um cara cuja língua já esteve dentro da sua boca.

Mas eu tinha completa certeza de que nunca ia ter a chance de descobrir. Podia apostar que Tommy tinha voltado à sua cidade agora, deixando Eastport — e eu — para trás.

Então foi um choque completo quando, no fim do meu turno, eu saí do restaurante e o vi encostado no bicicletário atrás do gerador de emergência, com cara de que um quahog frito não derreteria na sua boca.

Vinte Um

— O que... o que você está fazendo aqui? — gaguejei, sem conseguir me mover.

— Sua mãe falou que era onde você estava — disse Tommy se levantando — e que sairia do trabalho mais ou menos a essa hora.

Como sempre ele estava incrivelmente lindo — com roupa casual, bermuda e uma camiseta apertada. O sol da tarde, que estava atrás dele, acentuava o vermelho de seu cabelo. Eu no entanto, não conseguia ver de que cor estavam seus olhos, porque Tommy estava usando seus óculos Ray-Ban.

Ele não estava sorrindo. E eu não o culpava por isso.

— Olha, Tommy — disse eu, meu coração desacelerando para algo mais próximo do ritmo normal, depois de praticamente saltar do peito quando o vi.

Mas eu estava tentando me livrar de garotos. Garotos tinham sido, afinal de contas, a raiz de todos os meus problemas. Bem, além da inabilidade de expressar minha opinião real sobre as coisas por medo de censura pública.

Ainda assim, se conseguisse apenas eliminar os garotos da minha vida permanentemente, talvez ficasse bem.

Embora aquilo não fosse ser fácil com Tommy Sullivan por perto, e tão incrivelmente lindo.

— Eu sinto muito, de verdade pelo que eu fiz — disse.

Eu tinha suspeitado de que voltaria a ver Tommy — só que não tão cedo. Então ficara acordada a maior parte da noite ensaiando o que diria a ele.

— Eu fui burra. Eu não sei por que eu...

— Você não fez nada — disse Tommy, seco.

Olhei para ele. Eu não tinha ensaiado nenhuma resposta para o caso de ele dizer aquilo.

— O quê?

— Você não pintou aquela parede, Katie — disse ele com a mesma voz seca. — Eu sei que não foi você.

Espera aí. *O quê?* Aquilo não foi nem um pouco como eu tinha ensaiado.

— É claro que fui eu — falei, rindo, incrédula. — Por que eu teria falado na frente de todas aquelas pessoas que fui eu, se não tivesse sido?

— Porque você se sentiu culpada — disse Tommy — por não ter tentado impedir Sidney e Seth e quem mais esteve envolvido naquilo.

Meu queixo caiu. *Como ele sabia?*

Mas eu tinha deixado de falar a verdade por tanto tempo e sobre tantas coisas que não consegui evitar de responder com mais uma mentira.

— Isso é... isso é ridículo — gaguejei.

Tommy parecia apenas entediado.

— Eu sei que você estava lá, Katie — disse ele —, mas também sei o que realmente aconteceu.

Olhei para ele. A distância, eu conseguia ouvir o mar bater contra o muro de contenção e o grito das gaivotas. Dentro do restaurante, Sidney e Dave e Morgan e Eric tinham conseguido a mesa, comido e saído havia horas. Sidney tinha me feito prometer que iria à praia para ficar deitada com ela perto do mar no dia seguinte, nosso último dia livre antes de começarem as aulas. Ela tinha até convidado Morgan também, uma amostra de graciosidade que eu sabia ser uma consequência direta de ela ser a nova Princesa Quahog.

Agora, no intervalo entre o almoço e o jantar, os cozinheiros tinham colocado o rádio da cozinha na estação de músicas dos anos 1980 porque Peggy fora para casa. Estava tocando Pat Benatar aos berros nos alto-falantes.

Mas tudo que eu conseguia ouvir era minha própria respiração.

— Do que você está falando? — perguntei, ignorando o aperto no coração — Como você pode saber de tudo isso? A não ser que...

— A não ser que eu estivesse lá naquela noite? Eu *estava* lá naquela noite — disse Tommy, ainda parecendo entediado. — Eu estava com minha bicicleta, do lado do edifício. Vocês não me viram. Mas eu vi vocês. E eu os ouvi. E o que eles iam escrever.

— Tommy.

Meus batimentos cardíacos tinham disparado novamente. Porque aquilo era horrível. Aquilo mudava tudo. Aquilo...

— E depois que Seth fez a letra E — disse Tommy — você pegou a lata de tinta da mão dele e escreveu...

— ...esquisito — terminei a frase por ele com meus olhos fechados.

— Exatamente — disse Tommy.

A voz dele estava estranha. Eu não conseguia descobrir por quê. Mas mesmo tendo aberto meus olhos, não tive coragem de olhar para cima e me arriscar a ver o rosto dele. Porque eu sabia o que a visão daqueles olhos âmbar — mesmo por trás das lentes escuras — poderia fazer comigo. Para não falar de sua boca.

— Sempre me perguntei por que você tinha feito aquilo — disse ele. — *Por que* você fez aquilo, Katie?

— Porque...

Eu queria chorar de novo. Como se aparentemente eu não tivesse chorado o suficiente na noite anterior, no ombro da minha mãe (e, depois que ela foi para a cama, no meu travesseiro) metade da noite. Continuei olhando para o chão.

Era hora de dizer a verdade. *Toda* a verdade.

— Eu não podia deixar ele escrever o que queria — disse eu. — Seth, quer dizer. Mas não podia impedir que ele terminasse o que tinha começado. Então peguei a lata de tinta da mão dele e escrevi outra coisa. Ah, que importância isso tem, afinal?

— Muita importância — disse Tommy com a mesma voz baixa. — Sempre teve muita importância. Para mim, pelo menos. Sempre que as coisas ficavam *realmente* ruins, e elas ficaram mesmo bem ruins, eu pensava no que você tinha feito. E me perguntava por quê.

— Porque você era meu amigo — disse eu rapidamente.

As lágrimas não estavam se concentrando apenas nos meus olhos agora. Elas estavam começando a cair. Frustrada — porque eu não queria que ele visse que eu estava chorando —, eu me virei e me abaixei para sentar no bicicletário.

— Era isso que nós éramos? — perguntou Tommy.

E agora eu sabia o que era aquela coisa na voz dele, aquilo que eu não tinha sido capaz de dizer o que era até agora. Era amargura.

E isso me fez gritar:

— Claro que sim! Posso ter sido uma droga de amiga, Tommy. Mas ainda era sua amiga. Eu *queria* fazer a coisa certa com você. Tanto quanto eu *podia* fazer, com minha capacidade limitada.

— Ei...

Agora a voz de Tommy era suave. Eu ainda não conseguia olhar para ele — porque estava com vergonha das minhas lágrimas. Mas pude ver seus pés se moverem para dentro do meu campo de visão. Ele estava usando um tênis Puma preto de camurça.

— Katie. Você teve a impressão errada. Eu nunca culpei você. Eu achei que o que você fez foi legal... trocando a palavra para "esquisito". Eu conseguia aguentar ser um esquisito.

— Então... por que você saiu da cidade? — perguntei para os pés dele.

— Porque meus pais não conseguiam aguentar ter um filho que era esquisito — disse ele rindo.

E, depois disso, ele se sentou no bicicletário ao meu lado — apesar de eu ainda estar tomando cuidado, evitando olhar seu rosto.

— Eles não achavam que fosse bom para mim ficar em Eastport. Queriam que eu tivesse uma boa educação, e não que ficasse o tempo todo preocupado de as pessoas pintarem meu nome em prédios ou me baterem. Então foram embora. Essa foi, provavelmente, a coisa certa a se fazer. Quem sabe?

Eu disse, ainda incapaz de levantar o olhar acima da linha dos joelhos dele:

— Mas então... por que você voltou? E *não* diga que não pode me contar. Porque se for assim eu vou saber que é para se vingar de mim. O que você já conseguiu, muito bem feito. A cidade inteira me odeia agora. Praticamente.

— Ninguém odeia você — disse Tommy, agora rindo. — Exceto Seth, talvez.

— Seth definitivamente me odeia — falei, pensando com pesar na mensagem pouco amigável que ele tinha mandado, pedindo a jaqueta de volta.

— É, bem, Seth sempre foi um idiota — disse Tommy. — Assim como o irmão, ele quer culpar os outros pelos próprios erros.

— Mas eu fui babaca com ele — admiti com pesar. — Eu fui uma grande babaca com você também.

— Você não foi babaca — disse Tommy. — Você só estava surtando. Com o fato de começar o ensino médio com todos a odiando. Foi natural querer se distanciar de mim.

— Verdade? — disse, arriscando um olhar para o rosto dele, tentando descobrir o nível de amargura.

Mas tudo o que vi foi um sorriso. Que fez meu coração balançar.

E claro, depois disso, eu não consegui parar de olhar.

— É — disse ele sorrindo —, mas você se redimiu ontem à noite. Foi um grande discurso.

— Nem foi — falei, mordendo meu lábio inferior.

Porque eu não consegui deixar de notar que, na luz do sol da tarde, os lábios de Tommy pareciam particularmente convidativos.

O que havia de *errado* comigo? Por que meu corpo parecia não saber que meu cérebro tinha desistido de garotos — de uma vez por todas?

— Não seja tão dura com você mesma — disse Tommy, batendo seu ombro contra o meu.

Ele fez isso, eu sei, como um gesto de amigo. Ele não fez isso para fazer choques elétricos de desejo percorrerem meu corpo.

Mas foi exatamente isso o que aconteceu.

E foi por isso que parei de olhar para ele e disse o mais rápido que pude:

— Estou tirando umas férias de garotos.

Porque eu estava lembrando a mim mesma — e ao mesmo tempo contando a ele — que contato físico, mesmo um encontrão de ombros, estava fora do cardápio.

— Sério?

Tommy *definitivamente* parecia surpreso agora. Tive que arriscar olhar novamente para o rosto dele, apenas para ver se ele estava realmente rindo de mim.

Ele estava.

E ainda estava tão lindo quanto sempre.

Com as bochechas pegando fogo, encolhi os ombros e olhei para o outro lado novamente.

— Isso não é engraçado — falei para os meus sapatos. — Você estava certo. Tenho que aprender a me entender melhor, e, como você disse, gostar mais de mim, antes de entrar em mais relações românticas. Dizer a verdade, para variar, é um começo. Mas ainda tenho um longo caminho pela frente.

Decidi não contar a ele a Fase Dois do meu plano... a do convento e/ou faculdade só para garotas. Melhor ir aos poucos a essa altura.

— Isso me parece um ótimo plano — disse Tommy.

Meus ombros murcharam um pouco. Não sei por que estava tão desapontada com a resposta dele. Imagino que eu não tinha pensado exatamente que ele tentaria me dissuadir da ideia.

Mas eu acho que ele pelo menos teria dito algo como *Que pena, eu ia convidar você para sair.*

Esse é apenas um exemplo do quanto eu realmente preciso tirar férias dos garotos.

— Eu vou lhe contar um segredo, se isso for animar você um pouco — continuou Tommy. — É sobre por que eu voltei a Eastport. Bem, uma parte do motivo. Mas isso tem que continuar em segredo até amanhã de manhã. Então você tem que prometer não contar.

— Certo — disse eu, instantaneamente curiosa.

Ele esticou o braço e pegou uma mochila que estava no chão perto da minha bicicleta. Depois de abri-la, tirou um jornal. Reconheci a logomarca da *Gazette*. Era a edição de domingo: amanhã.

— Vá até a seção de esportes — disse Tommy.

Eu fui. E fiquei chocada quando vi.

— É você! — gritei.

Porque era. Tinha uma nova coluna na parte esquerda da página — sobre esporte do ensino médio. E bem ali, ao lado de onde estava escrito TOMMY SULLIVAN, estava a foto de Tommy.

— Foi por *isso* que você voltou? — gritei. — Porque o sr. Gatch ofereceu para você a coluna de esportes do ensino médio?

— Bem, em parte — disse Tommy. — Mas você pode ver por que eu não estou muito preocupado com esses caras... o que você falou mesmo? Ah sim, fazendo uma festa do cobertor comigo. Não acho que o treinador Hayes, ou quem quer que seja, nesse caso, achasse boa ideia que os Quahogs dessem uma surra no repórter que vai cobrir os jogos deles o ano todo.

— Tommy — disse eu suspirando enquanto olhava para a foto.

Ele estava totalmente lindo na foto. Talvez eu a recortasse e quando estivesse partindo para o convento, pudesse olhar para aquilo e me lembrar de como era ser beijada por ele.

— Isso... isso é realmente impressionante. É mesmo. O sr. Gatch nunca contratou ninguém tão novo quanto você antes. Quer dizer, para ter a própria coluna.

— É — disse Tommy —, isso foi um incentivo bem grande para eu voltar, admito. Meus pais não ficaram muito felizes com a ideia, mas quando expliquei como isso ia ficar bem nas minhas inscrições para as faculdades, eles finalmente concordaram em me deixar tentar.

— Bem — disse eu, devolvendo a ele o papel, com relutância —, eu, hum... Acho que eu devo ter parecido bem idiota pensando que você estava aqui por causa de... bem, de mim.

— Não *tão* idiota — admitiu Tommy com um sorriso, enquanto colocava o jornal de volta na mochila —, porque você estava parcialmente certa.

Olhei para ele:

— O que você quer dizer?

— Ah, eu quase esqueci — disse ele, ignorando minha pergunta —, estou com uma coisa que é sua.

— Minha? O quê?

E ele procurou na mochila novamente e, dessa vez, tirou algo mais volumoso, embrulhado num saco de papel marrom.

— O que é isso? — perguntei, segurando curiosa. — O que...

Mas no momento que meus dedos a tocaram, eu sabia.

— Tommy! — gritei, levantando do bicicletário e pressionando a coisa na bolsa contra meu coração — Não. Você não fez isso.

Minha boca disse as palavras. Mas minhas mãos, segurando a câmera junto de mim, diziam algo completamente diferente — elas diziam: *minha*. Porque era como se elas estivessem em casa.

— Você tem razão — disse Tommy sorrindo — eu não fiz isso. Quem fez foi o sr. Gatch. Bem, ele e o sr. Bird, na verdade. Você sabe como eles dois odeiam os Quahogs. Ah, e aqui.

Tommy procurou na mochila e tirou um envelope que passou para as minhas mãos.

— Seu dinheiro de volta. Para você poder dar a seus pais, para pagar a limpeza.

Eu apenas balancei a cabeça, maravilhada. As lágrimas tinham voltado.

Mas essas eram um tipo de lágrimas diferente das anteriores.

— Tommy — murmurei —, *obrigada*.

— Não me agradeça. E também não ache que você está ganhando essa câmera de graça. O Sr. G. espera que você o compense tirando fotos para o jornal esse ano. Eu estava esperando que você fosse cobrir os jogos comigo. O que acha?

Balancei a minha cabeça um pouco mais.

— Tommy... por quê? Quer dizer... por que você está sendo tão legal comigo? Depois do que eu fiz.

Ele encolheu os ombros, levantando-se do bicicletário.

— Está brincando? Sou *eu* que devo a *você*. Se não fosse por *mim*, você teria ficado numa boa posição no concurso ontem à noite. Jenna Hicks só conseguiu ficar em terceiro lugar porque você abandonou.

Foi aí que eu percebi algo, apesar das minhas lágrimas. Ou melhor, eu percebi que estava faltando algo. No estacionamento do Gull'n Gulp.

— Tommy — falei me livrando das lágrimas —, onde está seu Jeep?

— Ah — disse ele, que tinha se abaixado para tirar a tranca de uma mountain bike parada ao lado da minha bicicleta —, estacionado na casa dos meus avós. Eu imaginei, você sabe, que se vamos sair juntos, é melhor que eu tenha uma bicicleta, para poder acompanhá-la.

Fiquei apenas olhando para ele. Quando conseguiu finalmente tirar a corrente, ele se levantou e percebeu que eu o estava olhando.

— O quê? — perguntou confuso — Você não ia entrar no meu carro mesmo.

— Tommy.

Meu coração estava batendo lentamente e de forma cadenciada sob a Leica que eu pressionava contra ele. Não estava vibrando. Não estava martelando. Estava apenas batendo. *Tum-tum. Tum-tum.*

— O que você estava dizendo antes, sobre o motivo de ter voltado? — perguntei lambendo meus lábios, que tinham ficado tão secos quanto o solo sob meus pés. —

Você disse que eu estava parcialmente certa. Que foi por minha causa.

— Ah — disse Tommy olhando para mim. — Isso.

Não olhei para baixo dessa vez. Olhei bem dentro daqueles olhos âmbar-dourados-verdes dele.

— Sim — disse eu. *Tum-tum. Tum-tum.* Enquanto uma gaivota gritava. — Isso mesmo.

— Bem, vou admitir — disse finalmente Tommy. — Eu estava curioso.

Tum-tum.

— Sobre o quê?

— Se eu ainda estava ou não apaixonado por você.

TUM-TUM.

— Você estava apaixonado por mim? — repeti. — Você quer dizer... no nono ano?

— Você parece chocada por ouvir isso — disse Tommy estranhando. — Acho que escondi muito bem.

— *Superbem* — disse eu.

Tum-tum.

E apesar de todas as minhas melhores intenções, eu me peguei dando um passo na direção dele.

— Eu não fazia ideia.

— Bem, você era bem bonita, mesmo naquela época — ressaltou ele. — Não sei se foi o aparelho ou o cabelo todo armado que me pegou.

TUM-TUM.

— Era essa a razão dos cookies de manteiga de amendoim? — perguntei, dando mais um passo na direção dele.

— Claro — disse Tommy —, meu plano era atraí-la para as minhas garras românticas com testes de conhecimento de literatura e cookies de manteiga de amendoim. Nada muito sofisticado, mas o melhor que eu podia pensar naquela época. Era o nono ano, afinal de contas.

Um último passo, e eu estava de pé bem na frente dele, tão perto que tinha que levantar o queixo para poder olhar em seus olhos. Com aqueles óculos de sol, eu não podia ver de que cor eles estavam naquele momento. Mas apostava num brilhante verde oceano.

— E? — perguntei.

Ele olhou para mim, seu olhar indecifrável, graças aos Ray-Ban.

— E o quê?

— E você ainda *está* apaixonado por mim? — perguntei.

Ele sorriu.

— Por que você se importa? Achei que você estivesse tirando umas férias de garotos.

— Eu estou — falei com segurança.

Adeus, convento. Adeus, faculdade só para garotas.

— De todos os garotos menos você.

Foi então que Tommy tirou os óculos de sol. E eu vi que os olhos dele estavam verdes brilhantes, bem como eu tinha suspeitado.

— Nesse caso — disse ele —, a resposta é sim.

Mas a verdade é que eu já tinha esquecido qual era a pergunta. Porque eu estava muito ocupada o beijando.

Este livro foi composto na tipologia Classical
Garamond, em corpo 11/16, e impresso em papel
off-white 80g/m² no Sistema Cameron da Divisão
Gráfica da Distribuidora Record.